당신의 마음에
안부를 묻는다

———

**밥상을 차리다,
당신을 떠올리곤 해**

지금도 어디에선가
혼자서 밥을 먹고 있을
모든 이들에게
하얀 김이 모락모락 피어나는
따뜻한 쌀밥 한술과
곰취의 마음을 바친다.

당신의 마음에
안부를 묻는다

밥상을 차리다,
당신을
떠올리곤 해

강 현 욱 글/사진

프로방스

호박잎에 싼, 차마 하지 못한 말들

'나는 먹고, 쓰고, 삶을 살았다.'

「나의 노트 중.」

산허리의 연둣빛이 연일 따사롭다. 찬연한 금빛 햇살이 봄을 다시 초대한다. 농부에게 있어 봄은 다시 시작하는 계절, 다시 태어남의 계절, 사계의 순환이 시초로 되돌아오는 계절. 그래서 서툴고 어설프지만, 몸과 마음이 분주하게 떠오르는 계절이다. 조금은 바쁜 계절이지만, 자연은 언제나 그렇듯 어리석은 나에게 그저 부드러운 침묵의 언어와 온화한 표정으로 나를 기다린다. 겨울이 지나고 봄이 내려앉은 나무들의 마른 가지에는 순한 연둣빛들이 방울방울 다시 매달린다. 잘린 그루터기에는 자그마한 새순이 돋아나 아무것도 없는 듯

한 허공을 향해 손을 뻗는다. 맑은 물방울이 희석된, 풀냄새 가득한 공기를 차분하게 마시고 천천히 내어 쉰다. 나는 살아있고, 살아있음을 느낀다. 검푸른 호수를 떠다니는 봄빛 윤슬이 어떤 잠언처럼 나에게 다가온다. 기억, 그리움, 인연, 영원... 투명한 언어들이 반짝이며 나에게 말을 걸어오는 것만 같다.

마침내 계절은 더 나은 방향으로 다시 이동하기 시작했다.

나는 해가 바뀌고서 좋아하는 복숭아나무를 조금 더 심어보려 읍내에 있는 농원에 다녀왔다. 작년에는 가꿔보지 못한 도톰한 호박 씨앗도 잘 추려서 흙으로 돌려보냈으니, 올해는 보슬보슬한 호

박잎에 하얀 김이 실핏줄처럼 일어서는 쌀밥 한술 얹어, 그립던 누군가와 마주 앉아 웃을 수 있기를 고대해 보기도 한다. 여전히 차갑지만 신선한 바람을 맞으며 시골길을 걷는 일도 빠뜨리지 않는다. 시골길을 걷는 일은 나를 어떠한 얼룩도 없이 맑아지게 하는 듯하다. 한밤이 길을 지운 듯한 들녘을 걷는 일은 이젠 나에게는 없어서는 안 되는 일이 되었다. 내가 걷는 발아래에 지워진 길을 다시 놓아주듯 까만 밤하늘의 잔별들이 무수히도 불을 밝힌다. 별빛들이 나의 지나온 계절을 말해주는 것만 같다. 반짝거리며 나를 채워준, 앞으로도 나를 채워줄 기억들. 차마 말로 다할 수 없어 별이 된 마음들. 그리고 이를 눌러 담아 쓴 애틋한 문장들.

속절없이 흘러가는 세월이 그리 야속하지만은 않다.

낮과 밤의 온도는 여전히 서로를 멀리 두고서 바라본다. 한 해를 시작하는 시기에는 일터에도 많은 일이 산재한다. 일터의 일들과 시골의 일, 그리고 책 읽기와 글쓰기. 나를 맡겨야 하는 수많은 일들에 결국 나는 몸살을 앓고야 말았다. 고단한 몸과 지친 마음을 달래보려, 뒷산에서 얻어온 봄 향기 가득한 쑥을 넣어 말간 소고기 죽을 끓여 먹어야 했다. 매섭고 황막했던 나의 속 뜰이 시골의 봄 내음으로 채워지고, 사나운 불길이 사그라들 듯 몸살은 그렇게 누그러졌다. 텅 빈 혈관과 흐물거리는 근육과 연약한 뼈를 지나 마음까지도 무해한 것들로 채워지는 것만 같았다. 몸 안 가득 번져가는 순수한 자연의 향기는 사랑하는 사람의 살갗처럼 언제나 따뜻하고 부드럽다.

건너편에 사시는 할아버지께서 자연의 향기가 가득한 두릅을 데쳐 가져다주신다. '몸은 좀 괜찮나?' 두릅 새순은 자식도 안 주는 거라며, 의기양양 해하신다.

고마운 일이다. 참으로 고마운 일이다. 별것도 아닌 일이라고 누군가는 생각할 수도 있겠지만, 결국 죽음 앞에서도 떠올릴 수 있는 일들은 아마도 이런 자그마한 기억들뿐일 것이다. 사람이 사람에게 그저 안부를 묻는 것뿐이지만, 겨우 그거 하나뿐이지만, 주저앉아 웅크리고 있는 누군가를 일으켜 세우는 일은 사실 그거 하나면 충분

한 게 아닐까. 짐작조차 할 수 없는 누군가의 마음을 말없이 데워주는 일도, 허기를 달래는 밥 한 끼 내어주는 일과 다르지 않은 듯하다. 불현듯, 내 시절의 무렵에 걸쳐져 있던 많은 이들의 얼굴이 스쳐 지나간다. 그 순간 나는 그들의 표정을 하늘에 그리며 생각에 잠긴다.

'조금은 편안해질 수 있는 말을 해주고도 싶었던가.
당신 편이라는 듯 조건 없는 미소를 보여주고도 싶었던가.
그저 괜찮다는 듯 안아주고도 싶었던가.'

툭, 하고 처절하게 떨어져 내린 검붉은 동백꽃처럼 차마 하지 못한 말들이 고개를 치들고서 나를 빤히 올려다본다. 차마 하지 못한 말들, 용기가 없어 꺼내다가 말고, 다시 깊숙한 곳으로 넣어버린 마음들. 더 늦기 전에, 더 멀어지기 전에, 검붉은 동백꽃처럼 나 또한 기어이 떨어져 내리겠다는 어떤 다짐 같은 것이 밀려온다.

시골에서 자연이 너그럽게 내어주는 위로와 기쁨의 언어들이 나를 존립하게 했고, 이어가는 문장들을 따라 앞을 바라보며 보행할 수 있었다. 마음 안의 소롯한 길을 걸어보게 하는 건 자연이었고, 나를 인도하는 건 글이었다. 나는 그 안에서 글 쓰는 책방 할아버지라는 꿈을 품고서, 차근차근 자명한 법칙처럼 느리지만 삶을 걸어간다. 떨어져 내리더라도 다시 굳건하게 꽃을 피울 수 있을 듯한 단단한 확신이 그만큼 내가 딛고 서 있는 희망이라는 것을 굳건하게 해주는 것만 같다. 그래서인지 거친 손안에 꼭 쥔 것들을 나무 그릇에 가득 담아, 이젠 누군가에게 보여주고 전하고도 싶어진다.

나도 아팠으며 당신도 아프지만, 내가 그러했듯 당신도 이젠 괜찮다고.

마음을 치유하며, 글을 쓰면서 지나온 삶을 돌아보다 보니, 그동안 수확한 과실을 제대로 맛본 적이 없었다. 짙푸른 입술로 가져가 보지 못했던 자연에서 내어주는 건강함을 이제는 조금은 더 느긋하게 음미하며, 삶을 떠올려 볼 수 있을 것도 같다. 포용과 해독, 그리

고 사랑의 용기라는 꽃말을 가진 호박잎에 차마 하지 못한 침묵의 말들을 쓰며, 맛과 말을 건네고 삼켜보고 싶다. 비록 소소한 위로들 뿐일지라도 그것조차 없는 삶보다는 좀 더 나은 방향으로 흘러갈 것이라는 믿음이 내 안에 가득하다.

아니, 어쩌면 우리의 가차 없는 삶을 이루는 건, 소소한 위로들이 전부인지도 모르겠다.

다시 일어선다. 참혹했던 겨울을 묵묵하게 견뎌준 파릇한 시금치가 무척이나 잘 자랐기에, 마을 할아버지들께 조금 나누어 드리고, 시금치를 참기름에 무쳐본다. 시금치를 무치면서 금이 간 나와 누군가의 마음을 떠올리며, 울음을 삼킬지도 모르겠다. 그저 할 수 있는 일이 먹고, 쓰며, 살아가는 일들뿐이지만, 누군가를 위해, 또 나를 위해 문장을 지으며, 따뜻한 밥을 안치는 일은 어쩌면 사랑의 모습 중 하나일 것이다.

이것 외에는 사랑할 수 있는 더 나은 방법을, 사실 지금도 알지 못한다.

하얀 달빛이 시골을 은빛으로 물들이고, 투명한 바람이 쓰다듬는 호수의 잔물결은 고요하다. 밥 짓는 냄새가 마을 여기저기에 고요히 누웠다. 평온함에 냄새가 있다면 아마도 이를 닮았을 것이다. 차마 말로 표현하지 못한 나의 자그마한 마음. 그 마음을 담아 소박하지만, 밥상을 차린다.

항상, 강건하길 바란다는 수줍은 그 마음이 당신에게 가 닿을 수 있기를 소망한다.

2025. 3. 1.

시골 서재에서 저자 **강 현 욱**

CONTENTS
차 례

밥 짓는 냄새가 마을
여기저기에 가만히 누웠다.
평온함에 냄새가 있다면
아마도 이를 닮았을 것이다.
차마 말로 표현하지 못한
나의 미소한 마음.
그 마음을 담아 소박하지만,
밥상을 차린다.

밥상을 차리다,
당신을
떠올리곤 해

———

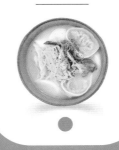

01

당신 잘못이 아니라고, 쓰고 싶었다
《냉이 된장국》

'많든, 적든 어떤 위로가 되어주는 건, 누구나 그럴 수도 있다는 별것 아닌 소박한 말이 전부였다.'

「나의 노트 중.」

창밖으로 겨울이 지나가는 소리가 들린다. 지난 밤, 창틀에 끼어 끈질기게 울부짖던 겨울의 날 선 바람들. 집요하게 내리꽂히던 송곳 같은 진눈깨비들. 산화되기 싫은 겨울의 마지막 몸부림인 것만 같다. 몸을 동그랗게 말고 모로 누워, 눈을 가늘게 뜬다. 커튼 사이를 오가며 부서지는 먼지 입자를 세면서 잠시 게으름도 부려본다. 이윽고 계절과 계절의 사이를 나는 건너고 있다. 겨울에게 일별(一瞥)을 말해야 할 시간이 조금 서운하기도 하지만, 빛 내린 하늘을 향해 다섯 손가락을 쭉 펴고서, 인내심 있는 봄에게 인사를 나눈다. 황량하게 패인 겨울의 흔적이 여리디여린 봄의 향기들로 깨끗하게 지워지고 있다.

부서지는 모싯빛의 햇살을 따라 최백호의 목소리를 들으며, 여느 때처럼 까만 커피를 내린다.

'걱정 말아라. 너의 세상은 아주 강하게 널 감싸안고 있단다. 나는 안단다. 그대로인 것 같아도, 아주 조금씩 넌 나아가고 있단다.'

무거웠던 육신과 밀도 높은 생각들의 무게감에 저항하던 나는 봄빛을 따라 서서히 가벼워진다. 맑은 물에 씻고서, 손바닥을 쭉 펴고 김 서린 희뿌연 거울을 문지른다. 거울 앞에 어색하게 서 있는 한 사람. 거울 속 그는 어떤 말을 하고 싶기라도 한 듯, 캄캄한 입을 조금 벌리고서 나를 빤히 응시한다. 눈두덩이 조금 마르고 광대뼈가 조금 드러난 말라버린 얼굴이지만, 하얀 흰자위와 눈가의 깊지 않은 주름들로 그가 회복하고 있음을 알 수 있다. 처절하게 찢어졌지만 덧나지 않은 상처들. 손톱이 파고들어 핏물이 고인 살들이었지만, 어느새 단단해져 버린 굳은살들. 치유된 상흔들을 가만히 들여다본다. 그런 나에게 침묵이 말을 걸어온다.

'여전히 습관처럼 발끝만 바라보며 걷습니까.

01_당신 잘못이 아니라고, 쓰고 싶었다 《냉이 된장국》

가끔은 얼음 송이 같은 굵은 눈물도 흘립니까.

쇼호스트의 말에 아무런 의지 없이 그저 고개를 끄덕입니까.

지금도 불면의 밤을 견딥니까.

아직도 떠오르는 태양을 물끄러미 건너다봅니까.

다시, 당신에게 질문하겠습니다.

그럼에도, 봄이 내려앉을 자리를, 당신은 만들어 두었습니까.

고민스러울 때면 머리카락을 만지듯이, 입을 크게 벌려 웃을 때면 손으로 입을 가리듯이, 휴일에는 습관처럼 서재에서 나무를 다듬고, 작물을 가꾸며 시간을 보낸다. 자그마한 씨앗들을 흙과 섞고 축

밥상을 차리다, 당신을 떠올리곤 해

축한 손에 가득 쥐어 땅으로 돌려보낸다. 모든 것이 증발해 버린 듯한 혹독한 겨울을 지나 찬란한 봄을 일으키는 건, 언제나 여린 것들로부터 시작됨을 이제는 잘 알고 있다. 미미해 보이기만 한 검푸른 결정체에서 하나의 우주가 꿈틀거리고 있음을 이제는 이해하고 있다. 그래서 손에 잡히지 않는 파리하기만 한 허상을 좇기보다는 나를 뒤따르는 소담한 냉이를 닮은 웃음들과 기쁨들을 오래 들여다보고 기억하려 애쓴다. 눈송이처럼 내려앉은 기억을 모아 나는 달빛 아래에서 단정한 책상 앞에 앉아 좋든, 싫든 삶을 기록한다.

그리고 이내 스스로 충만해진다.

얼마 전, 강의를 요청하는 연락을 받았다. 전화기 너머의 이는 치유의 글쓰기라는 주제로 한 시간 정도의 강의를 나에게 부탁했다. 글을 잘 쓰는 방법에 대한 강의를 요청했다면 단호하게 거절했겠지만, 치유라는 말에 잠시 고민하다가 고개를 끄덕이며, 그렇게 하겠습니다. 고 답을 했다. 의뢰받은 치유의 글쓰기 교안을 작성하다가 잠시 턱을 괴고 생각에 잠긴다.

'그저 으스러질 듯 아파서 쓰기 시작한 글이었는데.
어느새 글이 쌓여 다른 세상으로 나를 인도하는 것만 같은데.
이윽고 내 삶에 없어서는 안 될 특별한 나의 벗이 되어버렸는데.

그래서 글을 쓰고 책을 읽으며, 귀밑머리가 하얗게 세어져
있을 나에게
결국엔 가 닿으리라는 어렴풋한 기쁨이 느껴지기도 하는데.'

'글을 쓴다는 건, 너에게 어떤 의미야?' 한동안 눈물에 잠겨 글을
쓰던 친구에게 언젠가 내가 질문한 적이 있었다. 그 친구는 잠시 머
리칼을 꼬며 조금 먼 곳을 바라보다, 혀끝으로 천천히 문장을 밀어
내었다.

'마음의 세수가 아닐까.'

글을 쓰며 마음을 닦아내려 하지만, 가끔은 붙들고 놓지 않는 질
긴 것들에게서 지친 듯한 패배감이 느껴지기도 한다. 는 나의 말에,
그러니 세수인 거라던, 매일 씻어야만 하는 거라던, 조금 더러워도
문지르고 매만져야 하는 거라던, 친구의 말에 고개를 수그리고 가
만히 들을 수밖에는 없었다. 친구의 정의보다 더 적당한 말을 찾을
수가 없었으니까. 주홍빛 잔양(殘陽)이 감싸안은 친구의 옆 모습에
시선을 지나치다, 문득 롤랑 바르트를 떠 올렸다. '글을 쓰는 일은
새싹을 나누어 주는 것이다.' 라던, 그의 말이 바람에 실려 오는 친
구의 향기를 뒤따랐다. 친구는 알고 있을까. 자신이 나에게 새싹을
나눠주고 있다는 것을.

글을 쓰는 동안 재생, 치유, 회복. 이런 단어들이 빛바랜 노트 아래로 배달되어 쌓이고, 쌓여만 간다.

하얀 달빛이 서재를 은빛으로 물들이는 밤. 백목련의 봉오리에 살이 올라 살짝 누르면 봄 향기가 풍선처럼 터질 것만 같은 밤. 의뢰받은 치유의 글쓰기라는 강의 교안을 쓰기 위해 작설차 한잔을 내어 책상 앞에 앉았다. 동그란 조명등을 켜고, 빛바랜 노트를 펼치고, 엄지와 검지로 갈색 연필을 꼭 움켜쥔다. 한쪽 무릎을 굽혀 세우고, 한쪽 팔로 무릎을 감싸안고서, 턱은 조금 멀리 밀어내고, 파르스름한 산허리를 응시한다. 달빛은 고요하고, 은빛 구름은 산을 넘어 다가온다. 내가 가장 좋아하는 시간을 따라 흐르는 창 너머의 빛을 바라본다. 치유를 떠올리며, 지금 내가 가진 적요한 향기를 채집하기 위해 얼마나 많은 시간을 견뎠던가. 또 무엇을 잃어버렸으며, 다시 찾았던가를 생각한다. 상실과 분노, 체념과 절망에 허우적거리며 억장이 무너져 내리고 골수가 흔들리던 그 시절. 나에게 내밀던 돋아난 솜털이 반짝거리던 하얀 손들은 또 얼마나 많았던가를 생각한다. 나는 그저 고개를 주억거린다.

몇 년 전, 궁상맞은 용기를 향해 걸어 들어가던 그 시절. 많은 것들을 잃고서, 걷던 길조차도 보이지 않아 짙은 회색빛 콜타르의 늪에서 처절하게 저항하던 초여름의 어느 날. 직장 동료인 J와 투명한 얼음 조각들이 가득 찬 커피 두 잔을 사이에 두고서 마주 앉았다. 지나치게 차갑다는 듯, 투명한 잔을 두 손으로 잡고서 조금씩 홀짝이며 그리 많은 말들을 서로에게 전하지는 않았다. 그는 그저 이해한다는 듯, 간간이 고개를 끄덕이며, 눈주름을 잡고서 가느다랗게 웃어주었다. 어떤 말도 섞이지 않은 희미한 미소가 뜻밖의 위안이 된다는 걸, 그때 처음 알았다. 사는 이야기를 하다가 늑골 너머에서 그악스럽게 명멸하듯 통증이 밀려오면, 지나가는 타인들을 물끄러미 건너다보며 잠시 침묵해야만 했다.

'당신 잘못이 아니에요.'

밥상을 차리다, 당신을 떠올리곤 해

　무표정함이 내려앉은 그의 느릿하고 담담한 문장에 잡고 있던 고무줄 가닥을 놓은 듯, 명치에서 올라오는 어떤 뜨거운 것이 안구를 뚫고 나오는 것만 같았다. 듣자마자, 이 말은 죽을 때까지 잊지 못하겠구나. 하는 예감이 들었다. 어쩌면 그에게는 별것 아닌 그저 소소한 문장이었을지도 모를 일이지만, 연하고 단순하고 단호하고 강렬했던 그 문장. 지금도 괜찮으니 살아봐. 라고 나에게 말하는 것만 같던 빛줄기를 닮은 그 문장이, 맑은 빗방울처럼 나에게 떨어져 내렸다.

　언어로부터의 위로는 한계가 없다는 듯 다가왔다.

그는 시간이 조금 흐른 어느 날, 늦은 밤에 책 읽으며, 허전할 때 먹어보라면서 느닷없이 곶감 한 보따리를 손에 쥐여 주고 돌아갔다. 지독스러운 외로움이 널려 있는 차가운 방으로 돌아와, 그가 부모님과 함께 따고 말려서 손질했다는 주홍빛 곶감을 꺼내었다. 주홍빛 알전구들이 하나, 둘. 불을 밝히자, 한 무렵을 어슬렁거리던 어스름은 썰물처럼 그렇게 쓸려가고 있었다. 달콤하고도, 부드러우며, 눈부시게도 밝은 빛. 한 인간을 향한 응원의 언어에 형체가 있다면 아마도 이런 주홍빛을 닮았으리라 생각했다. 햇살이 바삭한 가을날 감을 따고, 겨우내 얼음 같은 한기와 적막한 밤을 견디며 단맛을 만들었을 곶감. 목구멍과 내장을 거쳐 뼛속까지 스며드는 따스함에 하늘을 향해 가지를 뻗어가는 나무처럼 일어서고 싶었다. 눈가에서 떨어지는 물방울을 느끼며 두 눈을 깜빡였다. 사람을 살리는 일은 그리 복잡하고 어려운 것이 아니라고 여겨졌다. 비록 소소한 단어와 볼품없는 문장일지라도 누군가의 불행을 지우고 삶을 다시 쓰게 할 수 있음을 알게 되었다. 그 무렵부터 나는 책을 곁에 두고, 조금씩 글을 쓰기 시작했다. 곶감. 그리고 당신 잘못이 아니라는 말. 나의 삶에 주홍빛 변곡점을 찍던 그날을 어찌 잊을 수가 있을까.

그 마음을 잊지 않기 위해, 나는 오늘도 허리를 곧게 펴고서 책상 앞에 앉는다.

'자신에 대해 말하지 않고 사랑하는 타인에 대해 글을 쓰는 것은 구조 활동이다.'

「롤랑 바르트」

　겨우내 덮여 있던 말라버린 가지들과 건조된 잡초들의 잔해를 걷어내니 묵은 밭에 저항하며 냉이들이 일어난다. 참혹한 겨울을 견뎌내고, 말간 얼굴로 다시 하늘을 바라보는 냉이는 혹독한 상처를 가장 빨리 치유한 것만 같다. 냉이를 캐내어 맑은 물에 우리고 잔뿌리를 다듬으며 생각한다. 고통의 근원은 끝 간 데 없이 펼쳐진 나의 집착이었음을 고해한다. 상처는 언제나 이미 지나가 버린 시간 안에서 죽어버린 풀이 썩어가는 듯한 냄새를 풍기며, 나를 잠식하곤 했다. 글을 쓰며 윗니로 아랫입술을 꽉 깨물고서, 해묵은 상처를 뚫어지게 바라볼 수 있었다. 문장들의 그물을 펼쳐 검푸른 빛으로 파닥거리는 통증의 근원을 건져 올리면, 푸르스름하게 번지는 애틋한 감정들과 소중한 기억들이 함께 올라오곤 했다. 온전히 행복했다고 할 순 없지만, 분명 좋았던 한 시절의 기억들. 심연 속에서 숨죽여 살아가던 어떤 서러운 것들을 문장으로 남기고 투명한 햇살 아래 내어놓으니 사무치게 그립기만 한, 한 시절이 냉이처럼 동그래진 몸을 펴고서 일어났다. 내가 지나온 계절들의 수많은 낮과 밤들 사이에는 냉이를 닮은 연녹빛 새순들이 알게 모르게 널려 있었다. 단지 내가 모른 척, 못 본 척, 아닌 척, 그리고 끝내 그렇게

잊었을 뿐이다. 이젠 데려오려 한다. 마음과 감정의 치유는 고통스러운 기억들 속에서 오도카니 서성거리는 자신을 힘껏 끌어안아 데려오는 것부터 시작되니까.

멸치 육수에 집 된장을 한 숟가락 넣고서 불을 지핀다. 하얀 김과 구수한 냄새가 서재를 채우고, 닿을 수 없을 것만 같은 곳까지 붉은 혈관을 따라 흐른다. 평온하고 따뜻한 기분이 번져간다. 다듬어 둔 냉이와 두부, 어슷하게 썰어 둔 대파와 팽이버섯을 넣고서 조금 더 끓인다. '당신께 나의 모든 것을 드립니다.'는 냉이의 꽃말처럼, 냉이 된장국의 향기는 봄의 전부를 선물해 주는 것만 같다. 지

독한 겨울을 지나 다시 태어나는 봄의 향기는 치유라 불러야 할 것
이다. 어쩌면 글을 쓰기 시작했던 주홍빛 알전구들이 매달리던 밝
고 환한 그날의 밤.

　봄은 이미 나의 어깨에 손을 얹었고, 나는 회복하기 시작했다.

　냉이 된장국과 쌀밥 한술로 몸을 데우고, 냉이의 잔향이 머무른
책상 앞에 다시 앉는다. 그리고 깊고 까맣기만 하던 긴 터널을 이제
는 충분히 통과했다고 적는다. 지금은 한 아이의 어미가 되어 가정
을 꾸리고 평범한 삶을 살아가는 J이지만, 그는 나를 존립하고 보행
하게 한 특별한 능력을 소유한 사람이다. 그런 그에게 고마움을 전

하려 나의 책을 부쳤다.

'침몰해가던 시간이 두렵기만 했습니다.
당신의 문장과 곶감 덕분에
그래도 좀 더 살아보자고 결심 같은 것도 할 수 있었습니다.
그런데 그게, 저는 참으로 고마웠습니다.'

더듬더듬 발음하며 책 표지 안쪽에 검은 만년필로 반듯하게 적
는다. 그리고 이젠 그런 말들을 누군가에게 전하고 싶어, 이렇게 책
상 앞에 앉았노라고 읊조린다. 비록 듣는 이가 거울 속 한 사람뿐일
지라도 말해주려 한다. 절망에 잠긴 이들을 향해 천천히 입술을 움
직인다.

그러니까, 그건 당신 잘못이 아니라는 말을 나는 하고 싶었다.

02

불안이 말을 걸어올 때
《양념 더덕구이》

'불안이 자주 말을 걸어오지만, 그럴 때마다 책을 읽고 글을 쓰며, 내 안의 나를 마주한다. 그건 정말이지, 안전하고 확실한 기도이니까.'

「나의 노트 중.」

솜뭉치를 닮은 구름의 이동을 따라, 순간순간 나타나는 햇발에 눈이 시려오는 화사한 오월의 하늘이다. 눈을 가만히 감고 있어도 눈꺼풀을 넘어 건너오는 무해한 햇살의 머무름에 삶의 아름다움을 느끼곤 한다. 엊그제 수줍게 피었던 하얀 딸기꽃은 어느새 붉은 딸기가 되어 삶의 경이로움을 노래한다. 질기디질긴 덩어리 진 쑥들에 수북이 둘러싸여 까만 어둠에 잠기고, 눅진한 습기들에 감겨 견디는 것 외에는 할 수 있는 게 없는 듯 보였지만,

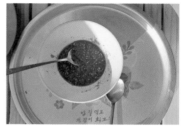

끝끝내 삶으로부터 돌아서지 않은 딸기들. 비록 삶의 밀어내는 힘 앞에서도 담담하고, 의연하게, 그리고 환하게 살아가는 것들을 보고 있노라면, 볼우물을 가득 잡고서 웃어주고만 싶다. 이와 같은 전류가 온몸을 휘어 감을 때면, 나를 돌아보곤 한다.

별것 아닌 일로 고개를 떨구었었는지를, 사소한 일로 분노를 품었었는지를, 바늘 하나 꽂아둘 곳 없는 좁은 마음이었는지를.

시골에 처음 발을 내디뎠을 때, 나는 더덕을 심었다. 이유는 사실 잘 기억나질 않는다. 그저 겨울을 이겨낸다 들었는데. 종을 닮은 아름다운 베이지색 꽃을 피워낸다 들었는데. 그저 설렘 가득했던 마음만이 기억나는데. 그런데도 마을 할아버지들은 더덕을 잘못 심으면, 밭이고 산이고 가리지 않고 못쓰게 된다며 만류하셨었는데.

　하지만 조금 걱정도 했던 일이 벌써 이 년도 넘은 지나간 시절이 되었다. 입술을 악다물고 기도하는 마음으로 돌무더기에 얽히고설킨 흙을 파고 더덕을 심던, 잔별이 무수히 떨어져 내리던 그해 밤을 생각한다. 무엇을 떠올려도 두렵기만 하던 그해 밤. 흙을 딛고 일어선 나의 정수리 위로 달빛이 고요히 내려앉던 다정한 밤. 삼 년 후에는 어떤 모습일지 상상하며 다리와 팔에 힘을 가득 주던 밤. 비록 뜻대로 되지 않는 삶일지라도 괜찮다며 스스로를 위로하던 밤. 까만 어둠을 지나, 이젠 파란 하늘 아래에서 그믐달을 닮은 눈매로 연녹빛, 더덕을 바라본다. 더덕은 겨우내 깊은 곳에서 금빛 물다발을 길어 올리며, 은빛 종소리를 닮은 꽃을 피워내겠다 결심했을 것이다. 따가운 태양 아래에서 서로에게 그늘을 내어주며, 함께 견디자 속삭였을 것이다. 몰아치는 때아닌 폭우에도 서로에게 매달려 괜찮다고 말해주었을 것이다. 더덕처럼 서로에게 꼭 붙들어 매달린 것들에게서는 단단함이 섞인 고귀함이 만져지는 것만 같다.
　지금도 어디선가 목 놓아 견디는 이들에게 투명한 물기를 담은 미소를 전하고만 싶다.

　단어를 찾고, 문장을 떠올리고, 이야기를 이으며, 조금은 느리게

시골길을 걸어오다, 요즘에는 일터의 일과 책과 관련한 일들로 조
금 쫓기듯 시간을 보내야만 했다. 시계와 달력을 살피며 등 뒤에 시
간을 두고 살아간다. 매주 시골을 찾아오는 손들을 위해 먹을거리
들을 준비하느라 분주한 계절이기도 하다. 중간고사를 치르고 기말
고사도 앞두고 있어 정신없는 나날이 더해졌지만, 어느 공모전에
응모하기 위해 처음으로 내가 쓴 단편소설을 빨간 우체통에 부쳐보
기도 했다. 마주해 달려오는 여러 일에 대해 특별히 기대하는 마음
은 없기에 결과들이 어떤 모양을 하고 나타나든 나를 낙담시키지는
않을 것이다. 다만, 글과 삶을 의욕 하며 귀밑머리 아래로 흘러내리
던 땀들이 헛되지 않도록 그 시간을 온전히 기억하며, 앞으로도 그

밥상을 차리다, 당신을 떠올리곤 해

저 애쓰며 살아갈 뿐이다.

신규 직원들에 대한 강의를 두 차례 하며, 간혹 틀리면 안 될 것만 같은 질문들에 대해 대답도 해야만 했다. 우울증을 겪고 있다는 동기가 걱정되는데, 그런 분들이 일터에 많은지 궁금하다는 조심스러운 질문이 있었다.

'우울증을 앓는 분들은 생각보다 많습니다. 부끄러워할 일도, 숨길 일도 아닙니다. 몸살을 겪듯, 감기를 하듯, 의사가 약을 그만 먹어도 괜찮다. 할 때까지 성실하게 약 드시며, 직장에도 꾸준히 다니시라 전해주세요. 몸이 바쁘면, 마음은 단순해지니까.'

험한 세상에 어찌 아프지 않을 수 있을까. 아프니까 삶이다. 보르헤스의 말처럼, 차라리 삶을 환(幻)이라 여기는 게 나을지도 모르겠다. 얼음송곳으로 심장을 찌르는 듯 아프다면 치료받으며, 도와달라 말할 수 있는 용기도 필요하다. 입사한 지 얼마 되지 않은 분들이었지만, 어느새 지질 린 듯한 그들의 표정과 근육이며 신경들까지 모두 굳어버린 듯한 그들의 얼굴을 보며, 살아가면서 앞으로도 혹독한 순간들을 수도 없이 맞닥뜨릴 그들에게 감히 말해줄 수밖에 없었다.

'살아보셨잖아요. 살아보니 어디 뜻대로 되는 일이 있던가요. 인사도, 승진도, 동료도 모두 내 마음 같지는 않을 겁니다. 하지만 항상 자신을 사랑하고, 부디 강건하시길 바랍니다.'

문을 열고 강의실을 나서자, 동녘 하늘에 푸른빛이 일렁이듯, 어느 한 사람의 모습이 나의 눈꺼풀 안에서 명멸하며 다가왔다.

지난해, 대학생 인턴인 그녀를 처음 만났던 그날을 기억한다. 뺨에 가득한 연분홍빛을 타고 오른 가느다란 눈매의 서성거리던 눈빛이, 떠오르듯 내려앉는 벚꽃잎을 품은 봄을 닮았다고 생각했다. 새벽녘 농밀한 안개처럼 불확실한 미래를 나아가기 위해 한 학기를 남겨두고 휴학한 그녀는, 인턴사원으로 입사해 일터의 동료가 되었다. 휴학과 복학을 반복해 온 그녀는 같은 학년의 학생들에 비교해 나이는 많았지만, 여느 학생들처럼 긴장이 될 때면, 도톰한 아랫입술을 지그시 깨물고, 까맣고 긴 머리칼을 솜사탕을 말듯, 검지손가락으로 돌돌 만지곤 했었다. 파르스름한 실핏줄이 번지는 투명한 피부는 가장 활기찬 생의 한 시절을 그녀가 지나가고 있음을 알려주는 것만 같았다. 그녀의 보일 듯, 말 듯 한 깨끗한 미소가 얼핏 스쳐 지나갈 때면, 아. 름. 답. 다. 며, 비분절음처럼, 속으로 되뇌었다. 그렇지만 그녀는 두려움에 훌쩍이는 고개 숙인 아이처럼, 그저 사무실 모퉁이에서 오두마니 서 있지만은 않았다. 연하고 여린 외모

가 그의 호탕한 웃음소리와 참으로 잘 어울리는 사람이었다. 힘이
세어서 잡다한 서류 자루는 혼자서도 거뜬히 끌고 가는 천하장사이
기도 했다. 그녀는 정갈하면서도 화사한 선물 포장을 순식간에 만
들어내는 마법사이기도 했으며, 정리해야 할 서류들을 엑셀과 워드
로 깔끔하게 다듬어 그림을 그려내는 예술가이기도 했다.

어느 날, 말끔한 회의 테이블임에도, 그녀는 부지런히 쓸고 닦고
있었다. 여느 때처럼 그녀의 가느다란 손길이 닿으면, 테이블에서
는 이내 형광등에서 반사된 빛이 선명하게 내 얼굴을 비추곤 했다.
그런 그녀를 물끄러미 건너다보다 왜 이리 열심히 닦느냐며, 굳이

그러지 않아도 된다고 말했다. 나의 말에 그녀는 수줍게 웃으며, 들릴 듯 말 듯 입술을 작게 움직였다.

'불안해서...'

왜 그리도 무거웠을까. 그녀가 툭 뱉어낸 묵직한 한마디는 겨울 바람 앞에 서 있는 듯 싸늘했고, 흐르던 대기를 멈추며 나의 시간을 정지시킨 것만 같았다. 정적 안에 둘러싸여 그 마음을 알 것도 같다는 듯, 나는 그저 고개를 조심스레 끄덕여야만 했다. 촛불의 푸르스름한 심지 주변을 일렁이는 어둠처럼, 검은 하늘에 흔들리는 우듬지처럼, 미세하게 흔들리던 나의 감정은 슬픔이었다 기억한다. 참

이상했다. 그는 슬프지가 않았는데, 그의 문장은 참으로 슬펐으니까. 그녀의 삶에서 확실한 건 무엇 하나 없었기에, 불안을 언제나 곁에 두고 사는 것에 이골이 나 있었기에, 그저 아무렇지 않다는 듯 익숙하다는 듯 말하는 그녀의 언어가 연갈색 빛 녹슨 대못이 되어 나의 늑골 사이를 찌르는 듯했다. 인간은 태어날 때부터 불안한 존재이며, 그러니 불안은 누구나 갖는 지극한 감정이라 이해하면서도, 성냥을 당긴 듯 일어나는 그녀를 향한 연민의 마음을 억누를 수는 없었다.

그녀는 어린 시절부터 할머니와 단둘이서 서로를 의지하며 살아오다 보니, 이른 나이임에도 불구하고 다양한 아르바이트를 경험한 듯했다. 거세된 선택지와 살얼음이 낀 일상은 그녀의 성장을 강요한 듯 보였다. 해보지 않은 일이 없었던 그녀는 삶이 장난하듯 깜빡거리는 고통과 상실 앞에서도 그저 체념한 사람처럼 스스로를 삶에 구겨 넣지는 않았다. 어쩌면 그녀가 냉정하기만 한 삶으로부터 결코 돌아서지 않았기에 그렇게나 아름답고 고귀해 보이는 것인지도 모르겠다.

'그녀의 시간은 타인들의 시간보다 빠르게 흐른다.
대낮이 주는 무거움과 한밤이 주는 쓸쓸함에 대해 생각한다.
누군가에겐 당연한 것들이 그녀에겐 허락되지 않은

응석에 불과하다.

집요한 삶은 그녀에게 더욱 많은 걸 게걸스레 요구한다.

그녀는 그녀만이 닿을 수 있는 희미한 빛을 응시한다.

시선을 따라 그녀는 날마다 약속하고, 다짐한다.

언젠가 그녀는 누군가의 품에서 끝끝내 말할 것이다.

그럼에도 불구하고, 잘 살아내었다고.'

어느새 그녀가 계약한 기간이 종료되어, 팀원들과 함께 술자리를 가졌다. 주홍빛 조명 아래 섞인 말들 속에서 그녀의 언어는 특별하게 여겨졌다. 마치 놓쳐서는 안 되는 연설처럼, 잊지 않기 위해 반드시 기록해 두어야만 하는 메모처럼, 단 한 번밖에 들을 수 없는 동화처럼, 귀를 쫑긋 세우고 속을 짐작할 수 없는 그녀의 말에 귀를 기울였다. 신문방송학과를 다니는 그녀는 아나운서가 되는 게 꿈이라면서도, 서술어가 툭. 하고 떨어지듯 흐릿하게 말을 끝맺었다.

그런데 나는, 그 지점이 아팠다.

나 또한 소설 쓰는 책방 할아버지라는 꿈이 있다며, 아나운서가 되면 모른 척하지 말라고 너스레를 부리며 잔을 부딪쳤다. 그녀는 너무나 즐거운 듯 웃었지만, 눈가에 매달린 물방울은 조금 슬퍼 보이기도 했다. 내가 슬펐기 때문일까. 의지와는 상관없이 또 다른 세계로 다시 발을 내디뎌야 하는 그녀에게 해주고 싶은 말을 고르고 골랐지만, 사는 일은 누구나 버거운 일이니, 그저 강건하게 지내라는 말밖에는 해줄 수가 없었다. 그리고 남자 친구와 함께 꼭 한번 시골에 찾아오라 말해주었다.

따뜻한 밥 한 끼 지어주고 싶다고. 나는 미역국도 맛있게 잘 끓인다고.

신규 직원들과 그녀보다, 조금 일찍 태어난 것 외에는 내세울 것도, 보여줄 것도 없다는 걸 잘 안다. 하지만 그들에게 미안한 마음으로 문장을 이어, 펜 끝에 걸어두고서 들려주었다. 보잘것없는 손을 펴서, 내가 꼭 쥐고 있는 이야기들을 그들에게 보여줄 때마다 밤하늘을 따라 흐르는 호수의 윤슬처럼 빛나던 그들의 눈빛을 기억한다.

'불안의 알갱이들이 가라앉은 옥빛 호수 같은 눈.
별빛을 향해 날아가는 반딧불이 같은 눈.
눈보라에도 흔들리지 않는 나무를 닮은 눈.
파도의 물거품에도 바다를 의욕 하는 바위 같은 눈.
그 무엇도 받아들일 것만 같은 무구한 눈.'

나의 망막에 박힌 그들의 눈빛들은 시간이 흘러도 서글픈 모습을 한 채, 그저 속절없이 사라지지만은 않을 듯하다. 불안과 고통,

외로움. 이런 말들이 혈관을 타고 흘러들어 또다시 고름을 터뜨려야 할 때면, 그들의 눈빛을 호주머니에서 꺼내어 유심히 들여다보게 될 것이다. 어떤 날은 나를 웃게 할 것이고, 또 어떤 날은 조금 울게도 할 것이며, 나를 견디거나 살아가게 할 것이다. 그들로부터 받은 깨끗한 시선들을 떠올리며, 그들의 바람과 희망이 빛 한 번 보지 못한 채, 산화되지 않기를 기도하는 마음으로 나는 노트에 기록한다.

친구들이 시골에 오는 날이면 손이 바빠진다. 언제쯤 도착하려나, 턱을 조금 더 세우고 눈길은 조금 더 멀리 두고서 틈틈이 서재의 초입을 바라보게 된다. 설렘 가득한 식기들을 챙겨 오두막 밖으

밥상을 차리다, 당신을 떠올리곤 해

로 나가다가, '너는 다시 외로워질 것이다.'는 공지영 작가님의 문장을 가만히 떠올린다. 다시 외로워질 것이라는 문장이 기도문이라도 되는 듯, 이상하게도 불안을 사그라들게 하는 힘이 있는 것만 같다. 평온하고 외롭지 않은 이 시절이 언젠가는 부수어지고 깨져, 불안과 슬픔, 고통, 이런 감정들이 밀물처럼 당연하게 밀려오리라는 생각을 하면, 오히려 호흡은 고르게 쉬어지고, 눈빛은 의연해지는 것만 같다. 그래서 지금 이 순간을, 다시 오지 않을 이 시절을, 소중하게 여겨야 하는지도 모르겠다.

결국, 집요하게 파고드는 것만 같던 고통도, 다시 썰물처럼 빠져나갈 테니까.

좋은 이들에게 귀한 걸 먹이고 싶어 삽을 들고서 잘 자라준 더덕을 몇 뿌리 캐보았다. 일 년 정도는 더 기다려야 할 듯한 자그마한 체구이지만, 그 안에서 눅진하게 묻어나오는 물들이 밀도 높은 삶의 진액인 듯 여겨진다. 캐어낸 더덕을 깨끗하게 우리고 씻어서 껍질을 벗긴 후, 망치로 납작하게 으깨는 동안, 일찍 온 친구들은 야외 수돗가에서 쌈 채소를 씻고, 화로 대와 장작을 설치하고, 나무에 물을 주는 일에 몰두한다. 세상에 단지 이 일만이 존재한다는 듯. 이것 외에는 마음 써야 할 일은 어디에도 없다는 듯. 오직 이것 외에는 할 수 있는 일이 없다는 듯. 그들은 평온한 풍경 안에서 자연의 잠언을 귀 기울여 듣는 것만 같다.

'여기 있으니 시간이 흐르는지를 모르겠다.'

'나도 그렇게 느껴지더라. 여기에서의 시간은 원래 없었던 것처럼, 자연만이 존재하는 것처럼... 나도 그래.'

'신기하게도 걱정스러운 일들이나, 해야 하는 일이 하나도 떠오르지 않는다.'

고추장과 참기름, 매실청과 올리브유를 넣어 양념장을 만들어 더덕에 바르고 배어들게 기다린다. 어느새 서녘 하늘이 복숭앗빛으로 물들고, 산허리가 푸르스름하게 번져간다. 다 오지 못한 이들도 도착할 무렵이다. 기쁨이 말을 걸어오는 시간이다. 친구들과 나는 밤이 이울도록 술을 마시며 대화를 나누었다. 맑은 물방울이 희석된 풀냄새와 흙냄새 가득한 공기를 차분하게 마신다. 삶에서 종종 맡을 수 있는 달큰한 향기가 투명한 바람을 타고서 사무치게 실려온다. 그렇기에 우리는 포기할 수 없는 것이다. 불안과 고통이 어쩌다가 나에게 말을 걸어오듯, 평온과 행복 또한 나만 비껴갈 리 없다는걸, 이제는 잘 알고 있으니까. 그래서 글을 쓰며, 안도한다.

맑은 바람이 불어온다. 평온이 나에게 다시 말을 걸어온다.

밥상을 차리다, 당신을 떠올리곤 해

03

우리, 괴물이 되지는 말아요
《곤드레 무밥》

'나의 비좁은 마음 안에 분노와 환멸이 밀려올 때면, 그것들이
나를 잠식하게 내버려둘수록 고통은 더욱 짙어짐을 느낀다. 고
요하게 있기. 내 안에 머물기. 나를 오랫동안 들여다보기. 내가
해야만 하는 일은, 그게 전부다.'

「나의 노트 중.」

시골 서재에는 봄에게 작별을 선언하는 듯한 제법
묵직한 비가 내린다. 여름이 문지방을 기웃거리기에 반가운 듯, 아
쉬운 듯, 문을 열어주는 봄인 것만 같다. 한낮에 내려꽂히던 날카로
운 햇살을, 아직은 이르다며 타이르는 봄의 목소리가 고조곤히 들
리는 듯하다. 너무나 이르게 찾아온 따가운 태양 빛에 복사꽃은 금
세 누렇게 말라가기 시작한다. 하지만 봄은 성마른 아이를 닮은 활

기찬 여름의 마음을 이해할 것이다. 자연과 계절의 너그럽고도, 부드러운 속성에는 용서나 증오의 자리는 필요하지 않으니까. 지구상의 피조물 중에 인간만이 유일하고도, 반드시 결행해야 하는 일. 그래서 가장 어려운 일이 어쩌면 용서일 것이다. 빗방울에 흩날리는 분홍빛 복숭아 꽃잎을 입을 벌려 받아먹는다. 용서와 화해라는 꽃말을 가진 복숭아꽃. 복숭아꽃을 바라보며 구겨진 마음을 펴보려 하는데, 오늘은 유난히도 무릎이 자꾸만 꺾인다. 쪼그리고 앉아 마음을 가만히 들여다본다. 무엇을 겨냥한 증오와 분노인지도 분간할 수가 없다.

비좁은 마음 안에 용서의 자리를 만드는 일이 가끔은 이렇게 힘에 부치기도 한다.

정호승 시인께서는 고요히 칼을 거두라 말씀하셨는데, 간혹 무례한 이들을 마주할 때면, 칼을 더욱 움켜쥐게 되는 이 날카로운 종잇조각 같은 마음이 부끄러워지곤 한다. 자신의 지위를 이용해 사욕을 채우는 자를 마주할 때면, 사람이 얼마나 간교한 동물인지를. 자신의 정신적 결핍을 타인에게 전가하고 해소하려는 욕망의 화살표를 바라볼 때면, 인간이 얼마나 허기진 동물인지를. 다시 한번 떠올리게 된다. 그런 무례한 이들을 피해 도망치다 보면 더욱 무례한 이를 만나게 된다. 그리고 그토록 무례한 이의 정체는 다름 아닌 나다. 가끔, 아니 자주 나는 스스로를 용서하지 못한다. 이혼이라는

굴레에 갇혀 타인의 말을 가장 부정적으로 해석하는 무례한 나를 마주할 때면 경멸감이 일어나기도 한다. 인간을 창조하신 신의 의지는 무엇인가.

고요히 칼을 거두고 나뭇잎 사이로 걸어 들어가는 일이 참으로 버겁기만 하다.

사랑하는 친구가 먼 곳에서 찾아왔다. 스스로를 무임금 노동자라며, 소맷귀를 걷어붙이고 텃밭으로 걸어가는 친구의 단단한 등은 내 삶의 궤적이 좀 더 다정한 방향으로 흐르고 있음을 명징하게 알려주는 것만 같다. 자그마한 딸기를 따는 일이 뭐가 그리 즐거운지

한참을 딸기 따는 일에 매달린 친구의 모습에서 삶의 온화함을 느낀다. 마음이 산란하거나, 살아가는 일이 녹록하게 여겨지지 않을 때면, 꺼내어 볼 수 있는 적요한 풍경을 하나 더 호주머니 안에서 만지작거릴 수 있게 된 듯하다. 신의 불꽃을 조금이나마 짐작할 수 있게 해준 친구가 참으로 고맙기만 하다.

'자작나무 아래에 무섭게 생긴 저건 뭐야?'
'곤드레야... 곤드레가 너무 무섭게 자랐어.'
'곤드레는... 자그마하고 연약한 거 아니었어?
'그러게... 내버려 두었더니 무섭게 웃자라 버리네...'

친구가 자작나무 아래에서 어마어마하게 자라난 곤드레를 보며, 벌어진 입을 다물지를 못한다. 다른 누군가가 보았더라도 아마도 커다랗게 열린 동공을 어디에 둘지 몰라 이리저리 굴려야만 했을 것이다. 웃자란 곤드레를 보고 있자니 자작나무를 못살게 구는 듯해서 잘못도 없는 곤드레가 괜스레 미워진다. 하지만 곤드레를 대책 없이 내버려 둔 건, 그 또한, 나다. 그런 거대한 곤드레에서 자책과 폄하로 무장한 채, 스스로를 너무나 증오하던 한 시절의 내가 겹쳐진다. 그 시절의 나는 날카로운 그녀의 표정과 냉소적인 그녀의 언어 안에서 그저 어찌할 줄 몰라 미안하다는 말만을 반복하며 버텨야만 했다. 굳게 잠겨진 문밖에서 그저 몇 시간을 서성거리면, 문이 열릴 것이라는 소모적인 기대감마저도 놓지 못하던 굴욕감을 삼키다, 결국 그것조차 기도(氣道)에 걸리곤 했다. 내가 얼마 되지도 않는 자존심을 내세우기 위해 살짝만 인연의 줄을 놓아도 나의 팽팽하던 삶이 풍선이 터지듯, 터져 버릴지도 모른다는 불안과 두려움의 서(書)가 눈 앞에 펼쳐지던 시절이었다. 검붉은 눈을 희번덕이는 불안이 나의 목에 걸터앉던 시절. 찢기는 자존감을 멀뚱히 바라보면서 어찌할 줄 몰라 그저 견뎌내기만 하던 시절. 한낮에 서서 피할 수 없는 이별임을 알면서도 격렬하게 몸부림치며 처참하게 추락하던 그 시절의 내 모습은 정말 사랑이었을까. 무책임한 회피와 굴욕 섞인 오기로 버티며 자신을 사랑하지 못하면서도, 타인을 향한 사랑이었다고 당당하게 이야기할 수 있을까.

여전히 그 질문에, 나는 답을 할 수가 없다.

　나를 증오했던 마음인지, 타인을 미워했던 마음인지 알 수도 없는 분노와 수치스러움, 자괴감으로 뭉쳐진 감정의 찌꺼기들을 잘라내듯 곤드레 잎을 툭툭 자른다. 손대기도 두렵게 어그러지고, 굴러다니다 먼지처럼 덩어리진 희뿌연 마음을 잘라내니 평정심이 나타난다. 버림받은 자신을 인정할 수도 없고, 자신을 용서하지도 못하며, 그저 비겁하게 내버려두었던 거울 속 나에게 미안한 마음만이 가득해진다. 지금껏 용서하지 못했다. 용서는 그만큼 어려운 일이니까. 하지만 용서는 어쩌면 자신을 향해 행할 수 있는 유일한 선행이 아닐까.

　얼굴 '용(容)', 그리고 마음과 마음(心)을 같게 한다(如)는 인자할 '서(恕)'. 용서.

　용서라는 단어에는 타자를 향하거나, 위하는 의미가 존재하지 않는다. 그저 용서는 자신의 얼굴을 인자하게 유지하는 것이다. 용서는 자신이 이해할 수 있거나 공감할 수 있는 영역을 벗어난 부분에 대해서도 얼굴의 흐트러짐이 없이 평온을 유지하려는 마음인 것이다. 거울 속 일그러진 얼굴을 물끄러미 응시한다. 자책과 후회의 감정이 굴뚝에서 역류하여, 방안에서 번져가는 연기가 되어갈 때, 밭은기침을 쏟아내며 우두커니 혼잣말을 중얼거리던 내가 그 안에 있다. 내가 왜 그랬을까. 내가 잘못한 걸까. 나는 왜 이런 걸까. 용서가 없으니, 후회만이 남은 혼잣말이 끝없이 반복 재생될 뿐이다. 젊은 날의 사랑이라는 선택으로 인해, 누군가는 누리고 있을 평범한 삶이 나에게는 사라져 버린 듯해서 후회와 분노가 스멀스멀 피어나고, 결국 유치한 자기 연민만이 나를 향해 밀물이 밀려오듯, 떠밀려오곤 한다. 그런데도 쉽지 않은 나와의 화해와 용서에 부딪히고, 흔들리면서도 그렇게 버틸 수 있는 건, 책과 글이 내 곁에 누워주었기 때문이다.

　명지바람 같은 문장들의 도움을 받아, 희망이 정지된 지점에서 용서의 페달을 세차게 밟는다.

'나는 외부 세계에 완전히 무심한 태도를 보였고, 온종일 내면에 귀를 기울이며, 내 마음속 깊은 곳에서 흐르는 금지된 어두운 물소리를 듣는 데 몰두했다.'

「헤르만 헤세」

괴물처럼 자라나 버린 곤드레를 깨끗이 씻어 소금물에 데친다. 축 늘어진 곤드레를 보고 있자니, 자책과 폄하. 이런 말들이 삶 속에 깊숙이 파고들고 낙인이 되어, 자발적 고립을 택했을 누군가의 좁은 어깨를 보는 듯하다. 무수하게 달려드는 자기 폄하의 순간들과 조각나버린 마음을 다시 마주하게 된다면, 나 또한 여전히 방구

밥상을 차리다, 당신을 떠올리곤 해

석에 쪼그리고 앉아 창밖만 멍하니 바라보고 있을지도 모르겠다. 그렇지만, 지금까지 그래왔듯 또다시 일어설 것이다. 소금물에 소독하듯 자신에게 관대해지고, 용서해야 하는 일은 아마도 생이 소멸하는 그날까지도 지루하리만큼 반복해야만 하는 일이니까.

가장 사랑해 주어야 할 존재는, 결국 바로 나 자신이니까.

데쳐진 곤드레를 찬물에 넣어 잠시 우리고, 손가락 두 마디 정도의 크기로 먹기 좋게 자른다. 하얀 무도 채를 썰어 단정하게 놓아둔다. 국간장과 들기름, 그리고 다진 양파와 다진 파를 넣어 곤드레와 무를 밑간하는 동안 친구는 냄비 밥에 자신 있다며, 흥얼거리면서

쌀 두 홉을 씻는다. 나란히 서서 밥을 짓는 일은 부풀어 오르는 하얀 쌀알처럼 마음에도 고슬고슬하게 살이 오르게 하는 것만 같다.

사는 일이 그리 고되지만은 않은 듯하다.

노란 양철 냄비의 뚜껑이 들썩거리며, 밥 익는 향기를 피어 올린다. 자신을 용서하고 삶을 익혀갈 때, 생(生)은 비로소 구수한 냄새를 전하며, 소담한 밥상으로 인도하는 것만 같다. 기시미 이치로는 미움받을 용기를 말했다지만, 미움받은 만큼 타인과 자신을 용서할 용기 또한 필요한 게 아닐까. 필연적으로 사랑에는 용서와 고통이 뒤따름을 인정해야 한다면. 억장이 무너져 내릴 듯한 고통의 근원을 찾아 마땅히 놓아주며 용서해야 한다. 우리는 사랑 없이는 살아갈 수 없는 존재들이니까.

끊임없이 사랑하고, 끊임없이 용서할 때, 삶의 무늬는 단조롭지도 않은 부드러운 곡선으로 새겨질 테니까.

누구나 다 아는 사실이지만, 곤드레 무밥은 양념장이 맛깔나야 한다. 다진 대파와 다진 마늘, 양조간장과 매실청, 고춧가루와 참기름, 그리고 깨소금을 넣어 양념장을 만들어 둔다. 조금 짜려나. 조금 짜고, 조금 매워도 오늘은 괜찮을 것 같다. 좋은 이와 밥을 먹을 테니까. 어느새 나를 용서하고 있을 테니까. 더 이상 탓할 것도, 원망할 것도 없을 테니까.

　인생의 맛은 조금 짤 수도, 조금 매울 수도 있다는걸, 이제서야 조금 알 것도 같다.

　용서하지 않은 마음들이 비대해져 타인으로부터 자신을 가두고, 영혼을 집어삼키기 전에 말끔히 잘라내어 하얀 쌀밥을 지어 먹어야겠다. 당신 잘못이 아니라는 말을, 묵주를 돌리듯 떠올리며 계절과 계절을 건널 것이다. 깊은 패배 의식과 자책이 나를 앞으로 나아갈 수 없도록 내버려두는 것은 스스로가 견고한 마음의 감옥을 짓고, 감금되어 결정적 고통을 씹는 일인 듯하다. 조밀한 감옥을 헐어버리고, 드넓은 세상으로 걸어가게 하는 용서. 결국 필연적인 용서의 대상은 거울 속 거무스름한 형체의 나였다.

천사는 자기애를 발명하고, 악마는 자기 폄하를 발명했다고 한다. 악마의 속삭임은 용서를 지워버리고, 괴물을 잉태하고야 만다. 차마 용서하지 못한 자기 폄하가 결국 자신도, 타인도 집어삼켜 버린다.

용서받지 못한 괴물은 언제든 내 안에서 격렬하게 울부짖을 것이다.

친구와 푸르스름한 빛으로 물들어 가는 평상에 누워, 하얀 달과 달빛이 반사된 몽글한 구름의 이동을 쫓아간다. 뭐가 그리도 즐거운지 친구는 옆에 바짝 붙어 앉아 재잘거린다. 뻐꾸기의 소곤거리는 소리와 바람에 실린 자작나무의 사각대는 소리가 섞여 함께 흘러가는 용서받은 밤이다.

마음이 처절하게 찢겨본 우리는, 용서받을 자격이 충분하다.

04

술은 익어가고, 매화꽃은 흐드러지고
《매실 담금주》

'내 삶의 결정적 순간들은 없었다. 단지 순간의 선택과 작은 마음들이 내 삶의 궤적을 이어왔을 뿐이다.'

「나의 노트 중.」

　　　　며칠간 하염없이 폭우가 쏟아져 내렸다. 한동안 무거운 어둠과 차가운 공기가 흐르던 서재에는 적막 속의 싸늘함이 밀려가고, 어느새 구름을 가로지르며 다시 투명한 햇살이 떨어져 내린다. 익어가던 봄이 지나가고, 여름이 그 자리를 바짝 당겨 앉는다. 논에는 모내기가 한창이고, 할머니들의 남색 장화는 바삐 걸어가고, 앵두는 붉게 여물었다. 학교 기말고사도 마쳤기에 오늘은 앵두와 매실도 따고, 무성해진 잡초도 뽑고, 흙도 조금 돋우어 주며 나른한 하루를 보내려 한다. 바람이 불어온다. 잠시 눈을 감고 맑은

바람이 지나가는 소리를 듣는다.

평온한 삶이 지나가는 소리가 귓가를 두드린다.

하지만 잠시라도 방심하면 어느새 뜨락이 열대우림처럼 변하는 계절이기에 잡초들을 솎아주려 운동화를 고쳐 신고, 구멍 난 밀짚 모자를 푹 눌러쓰고서 문을 열었다. 금빛 햇살이 발끝으로 하염없이 쏟아져 내린다. 눈을 가늘게 뜨고, 최면을 걸듯, 주문을 외우듯, 나는 읊조린다.

'발아래로 떨어져 내린다. 눈이 시릴 만큼 쏟아져 내린다.

주어지는 하루가 그렇게 나의 정수리 위를 환하게 비춘다.
찬란한 하루가 행운처럼 나에게 다시 날아든다.'

　경이로운 금빛 햇살 안에 섞여 잔잔히 흐르는 풀냄새와 흙냄새가 내가 살아가고 있음을 말해주는 것만 같다. 조금은 살아봤다고 생각했는데, 여전히 미지의 것인 듯한 순결한 감각들을 향해 팔을 뻗고서 그저 황홀해진다. 알지 못할 때는 하얀 털을 가진 어느 시골 개의 어슬렁거림도, 그저 지나갈 뿐인 어느 할아버지의 낡은 자전거 소리도, 벚나무 잎에 새겨진 선명한 핏줄들도, 모든 것들이 나와는 상관없는 일이라 여겨졌었는데. 아무것도 아닌 의미 없는 것들에 불과했었는데. 그저 사라질 뿐인 허상인 것만 같았는데. 하지만, 이제는 조금 알 것도 같다. 그리고 앞으로도 알아가게 될 것이다. 마음을 나누고 공유한 시간에 비례해서, 서로의 시선은 그렇게 한 점에서 만난다는 걸.

　오늘 나의 시선은 이 년 전, 밤하늘의 잔별 아래에서 심었던 매화나무에 닿아 있다. 계절을 지나, 시간이 흘러, 어느새 짙어지고 깊어진 매화나무를 물끄러미 바라본다. 우산조차 기울일 수 없는 여름날의 폭풍우를 지나, 살얼음이 가시처럼 박히는 한기 속에서도, 언제나 명치부터 시뻘겋게 타오르던 나와, 그리고 언제 죽어도 이상하지 않을 것만 같았던 가느다란 매화나무는 조금씩 아무도 모

르게 키가 자라났다. 어스름이 내려앉을 때면 물을 주고, 공기가 차
가워질 때면 거름을 주며, 나무와 내가 담담하게 세월을 들이마시
던 지난 시절이 떠오른다. 그 기억들 안에서 나는 분명, 사랑하고
있는 사람이었다.

그리고 사랑은 사람을 익어가게 한다.

청매실이 꽤 많이 매달려 있어 장마가 도착하기 전에 매실을 수
확하고, 매실주를 담가두려 한다. 무얼 만들어 볼까 곰곰이 생각하
다가, 끈덕지게 이어진 나의 인연들을 위해 술을 빚기로 결심했다.
언젠가 그들과 평상에 앉아 깊숙이 숨겨 둔 빚은 술을 남몰래 꺼내

달빛을 안주 삼고, 뻐꾸기의 지저귐을 노래 삼아, 대작하는 일은 상상만으로도 나를 흐뭇하게 한다.

'매화가 흐드러지게 흩날린다.
술이 익어가는 향기에 그리운 친구를 생각한다.
매실주를 좋아하는 나의 친구.
술잔 안에 떠 있는 친구의 거무스름한 얼굴에,
밝은 달은 이내 금빛으로 미소 짓는다.'

장갑을 끼다 말고 평상에 엎드려 노트를 펼친다. 그리곤 집게손가락으로 연필을 굴리며 문장을 떠올린다. 햇살이 품은 바삭한 노트에 글을 쓰는 나는 행복하다고 적는다. 지나간 것들이 문장 속에서 다시 깨어나 현재를 살아간다. 글쟁이들은 과거와도 대화하며, 깊어지고 다시 알아가는 속성이 있는 것만 같다. 때론 행간과 여백에 떨어진 눈물이 얼룩으로 남아있기도 하고, 떠나가 버린 것들의 잔해를 다시 긁어모으기도 한다. 그런데도 글쟁이의 마음이라는 게 참으로 이상해서 지치지도 않고 인연을 맺으며, 관계 지으려 애태운다. 가끔은 모른 척하고 싶은 것들이 다가오더라도 짧은 문장 하나로 어찌할 수 없는 마음을 전하기도 한다. 글쟁이들은 간혹 마주해 달려오는 서운함과 상실감으로 아무것도 없는 허공을 향해 물기 가득한 한숨을 내쉬기도 하지만, 만년필을 움켜쥔 채, 이를 끝끝내

04_술은 익어가고, 매화꽃은 흐드러지고 《매실 담금주》

쫓아내며, 지루한 반복 속에서도 기적처럼 빛을 발견해 내는 사람들인 것만 같다. 글을 쓰는 일은 캄캄한 어둠이라 여겨지던 곳에서도 길을 발견하고야 마는 지난한 과정이다. 그리고 나는 글쟁이다.

비록 마뜩잖은 글이지만, 글을 쓸 때, 나는 행복하다.

'작가가 되는 것은 단순하지만, 중요한 믿음에서 시작된다. 나는 작가다.'

「제프 고인스」

얼마 전, 회사에 교육이 있어 강당에 들어가다가 앳된 남성과 여성이 하얀빛을 뒤로하고서 나에게 다가와 수줍은 듯, 반가운 듯, 가늘어진 눈으로 나를 향해 꾸벅 고개를 숙였다.

'선생님. 안녕하세요. 저희... 선생님 수업 들었었는데... 선생님 책도 읽었어요.'

사실 신규 직원들의 많은 얼굴들이 모두 기억나지는 않았기에 조금 당황스럽기도 했다. 용기 낸 그들이 무안해질까, 눈을 몇 번 깜빡이다 금세 표정을 감추며, '안녕하세요. 잘 지냈어요?' 라고, 웃으며 화답했다. 가벼운 잡담과 함께 직장에서든, 살아가는 일에 있어서든 고민스럽거나 어려운 일이 있을 때면, 밥 사 줄 테니 시간

될 때 연락하라는 말을 전하며, 우리는 각자의 시간으로 다시 걸어갔다. 그리고 한동안 나는 끊임없이 중얼거려야만 했다.

선생님. 선생님. 선생님... 자꾸만 되뇌게 되는 말. 누군가에게 마음을 전한 일로 선생님이란 말을 듣게 되다니... 문득 물먹은 솜처럼 나는 가라앉았다. 나 이외의 타인을 지칭하는 대명사가 아닌, 가르쳐 준 사람이라는 의미로 사용된 명사의 묵직한 중량감에 어깨와 목은 뻐근해져 왔다. 그들에게 전한 나의 마음이 한낱 먼저 태어난 자의 쓸모없는 주절거림으로 기억되지 않도록 책과 노트를 끊임없이 펼치고, 적어둔 문장처럼 흉내라도 내보며 살아가겠다는 다

04_술은 익어가고, 매화꽃은 흐드러지고 《매실 담금주》

짐 같은 것을 하게 되었다. 웃으며 돌아서는 그들의 부드러운 뒷모습을 문장에 담아두는 일은 나라는 세상을 숙성시키는 일인 것만 같다. 글을 쓰며 조금은 더 농밀해진 나의 세계를, 누군가에게 매일밤 동화처럼 들려주고만 싶은 그런 날이 가끔은 누구에게나 있을 것이다. 비록 비루하고, 남루한 문장일지라도 전하고만 싶은 마음.

희미해져 가는 그들의 실루엣을 바라보던 그날이 나에게는, 그런 날이었다.

친구가 매실 따는 일을 돕겠다고 찾아오겠다 한다. 매실주를 담그련다. 하니, 과실주를 좋아하는 그는 노동을 보탤 테니, 매실주

밥상을 차리다, 당신을 떠올리곤 해

의 지분을 챙겨달라며 흥분한다. 설탕을 많이 넣어달라는 부탁이 길게 늘어진다. 알겠노라 끄덕이며, 노트를 덮고 장갑을 끼고 그가 할 수 있는 일은 조금 남겨두고서, 그가 올 때까지 나의 일을 한다. 그는 가끔 친구를 잘 둬서 이런 호강을 한다고 말하곤 한다. 그런 그의 마음을 가만히 들여다본다. 친구 간의 사랑은 자연스레 드러나는 일이지, 입증하기 위해 애쓰는 변호가 아니라고 말하는 것만 같다. 나에게 마음과 시간을 허락하는 일이, 계절마다 때가 되면 피어나는 들꽃처럼, 그에게서는 어떠한 모순이나, 애씀이 느껴지지 않는다. 함께한 시간의 층계와 서로에게 보여주었던 마음의 깊이가 푹푹 하게 익었으니까. 지나온 세월만큼 좀 더 많은 걸 이해하게 되었으니까.

그는 가끔 시골에 방문해 자연을 배워가고, 계절의 흐름을 알아가는 일이 즐거운 듯 보인다. 신중하게 매실을 따는 그는, 지금 자신의 마음 안에 놓인 고즈넉한 길을 고요히 혼자 걷고 있을 것이다. 그가 흘리는 땀방울에 서러움과 슬픔, 상실감. 이런 말들이 조금씩 묻어 나오는 것만 같아 나는 말없이 그저 건너다본다. 갑자기 안 하던 일을 많이 하면 탈 난다며, 사이다나 마시라고 사각 얼음 몇 조각을 띄워 친구를 부른다. 입을 크게 벌리고 웃으며, 신발을 벗고 평상에 올라서는 그에게 선풍기를 돌려주다, 구멍 난 그의 양말을 물끄러미 내려다본다. 검은 양말 사이로 비죽이 솟아 나온 자그마한 달걀 같은 형체를 보고, 발을 구르며 웃다가 양말을 챙겨 나와 그에게 건네준다. 어쩌면 그 시절에는 느낄 수 없었던 다정한 기적들을 더듬거리며 생각한다.

'어쩌면 내가 잃어버린 것들은 손에 닿을 만큼 가까이에 있었다. 다시 돌아오지 않아도 괜찮을 것만 같은 소소한 것들이라 여겼다. 말하지 않아도 당연하게 느껴지는 다정한 감각들은 무심히 지나쳤다.
하지만 나를 위한 특별한 것들은 결국 이런 감각들이었다.
황급히 버스에 올라타 작별 인사도 하지 못한 사람처럼,
나는 왜 그렇게 살았던가.'

그의 발뒤꿈치에 분필 가루처럼 뿌옇게 일어선 부스러기들이, 그에게 쌓인 삶의 질곡들이 들러붙은 흔적인 듯 느껴져 잠시 시선을 먼 곳에 두었다. 파란 하늘을 이어 달리는 하얀 구름이 왜 그리 슬퍼 보이는지 알 길은 없었지만, 그런 나를 따라 친구도 같은 곳을 바라보며 자그마한 미소를 얹어 말을 꺼낸다.

'여기 좋다. 우리도 나이는 먹었지만, 아직은 괜찮지 않냐?'
'그럼. 우린 여전히 괜찮아.'

아직도 온전히 화해하지 못해 함구 된 시간들이 나에게 남겨져 있지만, 이젠 좋아하는 사람들의 얼굴을 마주하는 일이 즐거운 걸 보니, 나 또한 매화나무만큼이나 꽤 익은 듯하다. 서랍에 넣어두고 닫아둔 시간들도 언젠가는 익어갈 테니, 설익은 것들을 일부러 꺼내지는 않을 것이다. 다 익을 때까지 그저 고요히 앉아 서랍을 가끔 열어보며, 그때의 마음을 들여다보고 차분하게 기다리면, 언젠가는 현재가 되어 어떤 모습으로든 매실주처럼 달큼해져 있을 테니까. 삶을 사랑하고 누군가를 좋아하는 방식에 글을 쓰는 일보다 더 나은 방법을 여전히 나는 모른다. 서랍은 그렇게 열렸다 닫히기를 반복하며, 나와 함께 온화하게 늙어갈 것이다.

매실을 식초 물에 잠시 우리고 깨끗이 씻어 짧은 꼭지를 따낸다.

조금 상한 매실도 있고, 곪힌 매실도 있고, 주름이 가득한 매실도 있다. 지나가는 투명한 바람에 희끗희끗한 머리칼을 흩날리며 뜨락에 물을 뿌리는 친구를 바라본다. 그의 눈가에 맺힌 주름들은 이른 퇴사와 재취업을 위해 뛰어다니다 의지와는 상관없이 만난 깊은 골이었을까. 가장으로서 감추어야만 했던 불안과 두려움을 건너다 생긴 상흔이었을까. 때론 상하기도, 곪히기도, 부딪히기도 하며, 조금은 울기도 했을까. 그렇지만 그는 지금 그믐달을 한 눈으로 웃으며, 나무들과 함께 햇살 아래 담담히 서 있다.

　'너는 어떻게 견뎠는가.
　아무도 몰래 습기 찬 눈을 감추며 기다렸는가.
　강요된 침묵으로 묵묵히 버텼는가.
　축축한 손으로 이마의 땀을 닦았는가.
　불안과 쓸쓸함도 고귀한 금빛 물 다발이 되어 흘러내린다는 걸,
　너는 알고 있었는가.
　그래서 너는 그렇게도 눈부신 웃음을, 가진 것인가.'

　친구의 부탁대로 다디단 설탕을 조금 더 붓고서, 맑은 소주를 채운다. 연녹빛 매실들은 조금씩 자신의 이야기를 들려주고, 술은 숙성되어 갈 것이다. 일 년 후 매화꽃이 흐드러지게 피어나는 날, 서로의 마음을 바라보면서, 시간을 함께했던 오늘을 떠올릴 것이다.

설레는 마음으로 하얀 뚜껑을 열어, 매화 꽃잎을 몇 장 떨어뜨린 술을 조금씩 삼키며, 달콤한 이야기들로 속 뜰은 채워질 것이다. 잘 익은 세월은 그렇게 강물처럼 흘러간다. 그리고 나는 세월을 따라 자유롭게 떠내려간다.

'몇 년 전에, 네가 회사 근처로 찾아왔던 날…

그날 멀리서 찾아온 너를, 밥만 먹여서 보낸 게

계속 마음에 걸렸어.

그때 참 미안했었는데. 그때는 내 마음이 그랬어.

좋은 사람들로부터도 숨고만 싶었으니….'

'미안은 무슨. 내가 힘들 때 여기 올 수 있어서
나는 참 좋은데. 내가 고맙지.
나는 요즘도 그래. 자주 숨고만 싶어진다. 어떤 날은 들켜버릴까,
가족들로부터도 사라지고 싶기도 하니까...'

자책으로 그늘을 만들고, 폄하로 얼룩을 그리던 내가 잃어버릴
뻔한 그를 다시 찾았다. 항상 그 자리에 있어 준 친구에게 고마운
마음이다. 지나간 시간은 우리가 익어가던 시간이었음을 이젠 잘
알고 있다. 새벽과 아침이 만나는 기적과도 같은 인연으로 만나, 나
의 삶에 일으켰던 수많은 불꽃은 나를 존재케 하는 일부가 되어 가
슴 안에 사무치게 맺힌다. 불확실하고, 겪어 보지 못한 것들은 여전
히 개인지, 늑대인지 모를, 두려움과 설렘이 되어 다가오곤 한다.
하지만 서랍을 열어 시간이 스치고 간 흔적들을 살펴보면 두렵지
않은 적이 언제는 있었던가를 생각한다. 단 한 번도 없었다. 빛 하

나를 잃으면, 또 다른
빛을 밝혀가며, 그렇게
살아왔을 뿐이다. 사람
의 다정한 온기가 존재
함을 알려준 수많은 이
들이 빛을 밝혀 주었기
에 나는 지금도 글을

쓰며 익어갈 수 있다. 술이 익고 매화꽃이 다시 필 무렵이면, 삶이 여물어 가는 농도도 짙어질 것이다. 친구와 매실주를 담갔던 기억은 분명 나의 서랍에서 얼굴을 내밀고, 다시 나를 웃게 할 것이다. 그리고 나는 뼛속까지 느낄 수 있다. 나의 시간이 다 되어 삶이 소멸해 갈 무렵 다시 돌아가고 싶은 순간들과 기억들은, 기어이 이런 일들뿐이라는 걸.

그래서 나는 기록하는 작가로 죽을 수 있길 기도한다.

05

당신의 마음에 안부를 묻는다
《들깨 쑥 된장국》

'나 스스로 희망을 향해 문을 닫았다. 내 방안은 그때부터
지옥도가 펼쳐졌다.'

「나의 노트 중.」

　　　　며칠간 대지를 거세게 두드리던 빗방울이 멈추
고, 꿀 빛을 닮은 햇살이 서재를 가득 채운다. 움푹 패고, 날카롭게
할퀴어진 흙 사이로 연녹빛 새싹들이 자그마한 눈을 하고서 깜빡인
다. 자그마한 것들에게서만 느껴지는 애잔함과 저릿함이 심장을 오
그라들게 한다. 눈을 감아도 눈꺼풀을 뚫고서 하얗게 번져가는 빛
처럼, 보일 듯 말 듯한 온유함이 나의 오늘에도 은은하게 스며들 것
만 같다. 비가 그친 서재는 터무니없는 아름다움을 나에게 선사해
준다. 내가 언젠가 가꿀 시골 책방은 반드시 자연 안에서 존재하기

를 간절히 소망한다. 찾아오는 이들이 이 세상의 것이 아닌 듯한 찬
연한 풍경을 본다면, 아마도 너무나 기쁜 나머지 어찌할 줄 몰라 하
얀 시골 강아지처럼 뛰어다니는 상상을 하곤 한다. 빗방울을 부여
잡은 반짝거리는 거미줄, 생기있게 하늘을 찬미하는 풀꽃들, 물기
어린 깊은 향기를 흩날리는 아카시아, 늙은 감나무 아래에 드러누
워 떨어지는 연노란빛 통꽃을 바라보며 밀려드는 평화들.

마음을 씻어 내기에 충분한 맑은 풍경들.

하지만 며칠 전, 나는 눈시울이 조금 붉어져야만 했다. 고통의
압력으로 붉은 실핏줄이 얽히고설킨 하얀 눈동자를 어쩌다 마주치

는 일은 여전히 버겁기만 했다. 슬픈 눈동자와 자줏빛 콧잔등이 잔상으로 남아 한동안 자작나무에도, 매화나무에도, 복숭아나무에도, 여기저기 걸려있어 잊을 수가 없었다. 자신의 의지와는 상관없이 탈락된 승진은 손써볼 틈 없이 서러운 눈물들을 봇물 터지듯 쏟아내기에 충분해 보였다. 아이들의 어미로서, 아픈 어머니의 자식으로서, 한 남자의 아내로서, 많은 역할을 소화해 내고자 가늘게 늘어진 한숨 한 번 뱉어낼 순간조차 허락되지 않았을 후배 녀석을 보고 있자니, 안쓰러움과 속상한 마음이 차올라 나의 안구에서도 열기가 비집고 새어 나오는 것만 같았다. 누구보다 착해서 눈물이 많은 그의 동그란 어깨에 살며시 손을 얹어 두어 번 두드리며, 그 아이의 뒷모습을 바라봐 주는 것 외에는 할 수 있는 게 아무것도 없었다. 깊은 한숨조차도 고개를 들 수 없는 나는 무력한 인간일 뿐이다. 그저 긁혀진 마음이 부디 거친 흉터 없이 아물어 주기를 기도한다.

삶의 모든 일은 우리의 마음이 행하는 일이니까.

요즘 나는 쑥대밭이라는 말을 온몸으로 이해한다. 이른 봄 솟아난 여리고 여린 쑥들을 제때 솎아내지 않으면 쑥은 어린나무의 키만큼이나 자라나 자신들의 세를 과시하고, 영역을 확장해 나간다. 이렇게 비가 흠뻑 내린 후에는 손을 댈 수 없을 지경에 이르게 되고 결국, 한 평의 땅조차도 나와 작물들에게 허락해 주지 않는다. 나무들의 존립과 성장을 잠식해 나가고, 어느새 눈을 씻고 다시 보아야 할 만큼, 한순간 황폐해진 텃밭과 뜨락을 맞닥뜨리게 된다.

우리들의 삶을 쌓는 마음의 조각들도 어쩌면 이와 닮은 듯하다. 조금씩 자라나는 마음의 통증들을 그저 못 본 척, 못 들은 척하며, 제때 보듬어주지 않으면, 어마어마하게 무성해져서는 어느 날 갑자기 우리의 삶을 무너뜨리기 시작한다. 마음의 상처들은 스스로에 대한 무심함을 먹고 자라나니까. 마음의 상처는 암 덩어리처럼 갑작스레 자신의 존재를 드러내니까.

나는 몸이 아플 때면 제때 병원에 찾아갔지만, 마음이 아릴 때면 살아온 방식대로 그저 참고서, 무시해 버리곤 했다. 그리고 삶

05_당신의 마음에 안부를 묻는다 《들깨 쑥 된장국》

은 몸의 통증과는 비교할 수조차도 없는, 나락으로 떨어질 듯한 고통이 되어 어느새 나의 존립마저도 흔들어버리고 있었다. 정작 가장 사랑해 주어야 할 이는 자신이라는 걸 잊어버리고서, 그저 시간의 흐름에 맡겨 두었던 그 시절의 나를 안타깝게 바라본다. 쪼그리고 앉아 울고 있는 그 시절의 나를 이제는 데려오려 한다. 어느 철학자의 말처럼, 사랑의 반대말은 게으름인지도. 자신에 대한 애착을 게을리함이 결국 자신의 생을 무너뜨린다. 지금 내 마음의 얼룩과 그늘은 어떤 채도와 명도를 가졌는지 잠자코 들여다본다. 버려두지 말아야 할 것은 결국 자신의 마음이다.

바람이 불어온다. 흔들리고서라도 힘을 주어 일어선다.

밥상을 차리다, 당신을 떠올리곤 해

쑥대밭이 되기 전에 쑥을 솎아내려 결심한다. 햇살이 따가워 그림자에 구멍이 숭숭 난 밀짚모자를 눌러쓰고, 파란 장화를 신고서 터덜터덜 뜨락으로 걸어간다. 자라난 쑥들이 딸기밭을 뒤덮고 있어 우선 딸기를 구조하겠다, 마음먹는다. 절망과 희망의 경계에서 누군가의 손길을 기다리는 일은 모든 피조물의 자명한 본능일 것이다. 그 시절의 나는 자신을 구하기 위해 책의 손을 잡았고, 문장의 손에 이끌렸다. 돌이켜 생각해 보면, 알게 모르게 나는 자신을 그저 방치해 두지만은 않았고, 결국 글을 향해 도움의 눈길을 보낸 듯하다. '나는 씁니다. 따라서 나는 스스로 안심합니다.' 라는 롤랑 바르트의 말. 나 또한 스스로 안심하기 위한 의식이 글을 쓰는 일이라 여기며, 기꺼이 고독 안에서 글을 쓰며 몸서리치다가 떨어져 내리겠다고, 하강하는 감나무의 통꽃을 보며 결심했었다. 자신을 용서하고, 사랑해 보려 애쓰던 시간을 지나야만 했던 그 시절. 독서와 글쓰기는 분명 나에게 또 다른 행운처럼 날아든 인연이었음을 알고 있다. 자신을 용서하고, 사랑하려 몸부림친 잔해 속에서, 자그마하지만 흔들리며 꽃은 피어났으니까. 도종환 시인의 말처럼, 흔들리지 않고 피어나는 꽃이 세상 어디에 있을까. 쑥대밭 속에서도 딸기는 온 사력을 다해 검붉게 익어간다. 늦어버리지나 않았을까, 두려운 마음으로 딸기를 향해, 어쩌면 나를 향한 말을 나지막이 읊조린다.

기다려줘서, 고맙다. 모른 척해서, 미안하다.

꺾어 온 굵은 쑥대들은 흙으로 돌아갈 수 있도록 놓아두고, 여린 쑥들은 사금을 캐듯 갈색빛 소쿠리에 주섬주섬 담는다. 가져온 쑥들을 식초 물에 푹 담가 잠시 우려내고는, 흐르는 물에 깨끗이 씻는다. 씻긴 쑥을 바라보다, 삶을 송두리째 바수고 찢을 뻔한 수많은 심장의 상흔들이 열차가 지나가듯 육중하게 떠오른다. 영원히 소멸하지 않을 것만 같은 시간의 조각들이 순간을 비집고, 심장을 헤집어 놓기를 반복하곤 했었다. 단호하게 망각의 칼을 빼어 들었지만, 기억은 가소롭다는 듯 언제나 승리했었다. 이젠 애써 외면하지 않는다. 그리고 기억에 저항하지도 않는다. 그런 기억조차 나의 일부이자, 지금의 나를 존재케 한 근원이기에, 문장들로 상처를 소독하고, 문장과 문장 사이에 진심 하나 매달아 두곤 한다. 그렇게 기억은 다시 재생되고, 무엇에도 흔들리지 않는 견고한 심연에 고요히 자리한다.

치유되지 않은 수많은 고통과 후회들이 지금도 도처에 산재해 있다. 그들은 각자의 영혼을 조금씩 갉아먹으며, 비대하게 성장한 채 살아가는 것만 같다. 타인들과의 상담 과정에서 나의 생살을 뚫고 들어오는 깊은 슬픔과 우울, 분노와 집착, 자신의 존재에 대한 부정과 폄하, 극도의 상실과 좌절들. 누구나 한 번쯤은 경험해 본 또는 경험하고 있는 끈질긴 잡초들이 여기저기 널려 있다. 그럴 때마다 당신만 그런 게 아니라며, 말해주곤 한다. 나의 이야기인 듯,

누군가의 이야기인 듯, 그 누구의 이야기도 아니라는 듯, 부족한 문장들로 그들의 이야기를 기록한다. 고독 속에서 그들의 말을 곱씹고, 또 곱씹으며 인간의 태생적 결핍에 대해 생각한다. 글쟁이에게 선고된 고독과 고뇌는 기한이 없는 형벌인지도 모르겠으나, 기꺼이 그 형벌을 감수하고만 싶다. 고뇌하며 글을 쓰는 이 계절의 내가 참 좋으니까. 이젠 내 삶의 일부가 되었으니까. 손바닥을 펴 흉곽으로 가만히 가져다 댄다.

가지런히 놓아둔 말갛게 씻긴 쑥들을 보며 후배 녀석의 시릿한 마음을 더듬거린다.

조금 더 깊은 맛을 내보려고, 멸치 육수를 우려내고, 집된장 두 숟가락과 멸치액젓, 그리고 국간장 한 숟가락씩을 넣어 휘휘 젓는다. 다진 마늘도 한 숟가락 넣어 쑥이 익어갈 국물을 끓인다. 상처 입은 마음들에 진한 국물이 배어들어 조금씩 삶은 깊어지는 듯하다. 그 시절, 거울 안에서 검버섯처럼 기미는 피어나고, 거뭇해져버린 캄캄한 우물 같은 얼굴을 볼 수 있었지만, 어떠한 걱정도, 연민도 나는 느낄 수가 없었다. 그저 무기력하게 하루를 견딜 뿐이었다. 그건 내가 스스로 빨간불을 켜고 희망을 정지시켰기 때문이었으니까. 희망을 정지시키자 어떤 의지나, 의욕도 다가오지 않았고, 심지어 간단한 움직임조차 귀찮게만 여겨졌다. 그건 생경하면서도 은밀하고도 친근하게 다가오는 무기력감이었다. 그러자 허기진 영혼은 걷잡을 수 없을 만큼 잡초들로 무성해지고, 결국 걸어온 길도, 걸어갈 길도 가뭇없이 지워지고 있었다.

스스로 희망을 정지시킨 그 지점. 그곳에서 지옥도는 마침내 타오른다.

'이곳에 들어오는 자, 모든 희망을 버릴지어다.'

「단테」'신곡 지옥편'중.

지옥은 희망이 사라짐과 동시에 잉태되는 것이었다. 희망이 없다면 존립할 소명도, 보행할 이유도 처음부터 없었다는 듯 사라진다. 그 시절 자신을 용서하지 못하던 내가 책을 읽으며 겨우 붙잡을 수 있었던 바람은 그저 되살고 싶음이었다. 되 태어남. 어쩌면 가장 거대한 희망이었을 다시 사는 일. 예전의 나와는 다른 모습으로 조금은 더 흰 빛의 얼굴로 지금은 거울을 마주할 수 있다. 다시 살기 위해 매일 흙을 딛고서, 거친 문장들을 주워 담으며 잡초들을 하나하나 뽑았다. 뽑아낸 그 자리에 씨앗을 뿌리고 모종을 심으며 결국 나를 다시 사랑하고 싶다고, 입을 벌려 말할 수 있었다. 스스로에 대한 자존감이 생기자, 이어서 잊고 살았던 꿈이라는 게, 굳건하게 일어섰다. 지금도 가끔씩 희미한 통증이 밀려오기도 하지만, 어렴풋한 고통마저도 삶의 일부분이라 여겨진다. 자연의 품에서 책을 읽고, 글을 쓰며, 고통은 다른 동력으로 전환된다.

고통은 반드시 가치가 있다.

뽀얀 무는 오래 익혀야 하기에 끓는 국물에 조금 일찍 투하하고, 두부는 퍼져버릴까 염려되어 들깻가루 두 숟가락과 함께 마지막에 넣는다. 자신의 마음 안에 가라앉은 가장 두껍게 쌓인 것들부터 하나하나 떼어내고 다시 붙여, 용기 내어 마주할 때 마음은 어느새 진하게 우러나 익어가는 삶의 맛이 되는 듯하다.

그렇게 우리들의 삶은 잘 우러난 한 그릇의 진국이 되는지도.

우리는 누구나 끊임없이 길을 돌아가고 있지만, 결국 그 길의 끝

에 가 닿을 수 있는 이는, 자신뿐이다. 그렇지만 뒤돌아 그 시절의 마음들을 다시 꺼내어 보면, 온전히 내 마음만 덩그러니 놓여있던 게 아니었다. 그곳엔 가족을 포함해 나를 걱정해 주고, 사랑해 주는 이들의 마음도 단단하게 매달려 있었다. 그들이 있었기에, 폭풍이 지나간 자리가 금세 단정하고, 고요할 수 있었다.

그래서 외롭다는 말을 언젠가부터 함부로 눌러쓰지 못한다.

좀 더 잘살아 보려고, 우리의 마음은 그렇게나 처절하게 아픈 것이니, 아픈 마음은 살아있음의 명징한 증표가 아닐까. 단지 지루하리만큼 자신의 마음을 잘 살피고 보듬는 일을 반복해야 하는 것뿐이다. 울고 싶을 때는 조금 울어도 괜찮고, 외로울 때는 누군가에게 잠시 기대도 보고, 힘이 들 때면 조금은 덜 열심히 살아도 괜찮지 않을까. 꽃은 언제나 흔들리며 피어나니까. 수많은 생각들이 머리를 가득 채우지만, 결국 우리를 살게 하는 건, 우리의 마음이니까.

오늘 나는 하염없이 잡초 사이에서 고요히 서 있다. 그리고 누군가의 마음에게 안부를 묻는다.

당신의 마음은, 잘 지내시나요.

06

망각의 두려움이 몰려올 때
《케일 머위 강된장 쌈밥》

'내가 걸어온 길을 까맣게 지우고자 했을 때, 내 존재의 의미조
차 어렴풋이 슬퍼졌다. 좋았든, 나빴든. 그건 전부 나였으니까.'

「나의 노트 중.」

복숭앗빛으로 물들어 가는 구름을 보며 산책을
하다, 저녁 마실을 나온 건너편 할아버지네 강아지인 가을이를 우
연히 만났다. 우연과 필연, 또는 그 중간의 어디즈음에서, 그렇지만
약속한 듯 이루어지는 이런 만남들에 심장은 털썩 무너져 내리기
도 하고, 때론 날개가 비죽이 솟아나기도 한다. 손을 뻗어 가을이의
하얀 털을 쓰다듬는다. 가을이 덕분에 까만 밤이 투명하게 느껴진
다. 노란 별빛이 뛰어든 가을이의 짙은 눈망울을 보고 있노라면, 사
랑하던 한 시절의 눈빛이 떠오르곤 한다. 캄캄한 심연 안에 환희의

불꽃이 자리한다면, 아마도 한 시절, 우리가 서로에게 닿아 있던 곧 터질 듯한 꽃망울 같은 눈빛이 유일할 것이다. 결코 잊을 수도 없고, 잊고 싶지 않은 사랑했던 시절의 흔적들을 습관처럼 어둠 속에서 더듬어 본다.

청개구리의 노랫소리가 이렇게나 황홀하니, 한 시절 사랑했던 이들의 눈빛이 사무치게 밀려온다.

오늘은 마늘을 캐내고, 그곳에 연둣빛 고구마 순을 다시 심었다. 지난해 고구마 순의 살고자 하는 의지 앞에서 너무나 깜짝 놀라 입을 다물지를 못했던 기억이 선명하게 남아있는지라, 이번엔 손가락을 쭉 펴고서 간격을 적당히 재어가며 심는다. 동그란 엉덩이 의자를 매달고는 이리저리 움직이니, 가을이도 신명이 나는지 배를 뒤집고 애교를 부린다. 여름을 기웃거리다 이곳까지 오게 된 사랑하는 친구도 어안이 벙벙해진 채로 덩달아 고구마 순을 심어야만 했다. 우연히 고구마 순을 심게 된 그는 말없이 한참을 몰입하며, 손가락을 움직였다. 프루스트의 말처럼, 일상에서 벗어나 새로운 눈으로 삶을 바라보게 하는 일이 여행이라면, 친구는 분명 좀 더 너그럽고 온화한 시선으로 여행을 하는 것만 같았다. 고구마 순을 심다가 매화나무를 한참이나 올려다보던 그의 옆 모습이 스치듯 지나간다. 어쩌다 마주친 그대라는 노랫말처럼, 약속하지 않은 만남과 정해지지 않은 인연들은 한지에 물이 번져가듯 삶을 적셔간다. 그리고 그 순간 설렘과 두려움이 수시로 자리를 바꿔 앉는다. 어느 자리에 앉을지를 선택하게 되는 순간. 인연의 모습은 운명으로 빚어지기 시작한다. 그렇게 만남은 우연하고도 찰나와 같은 기적으로 새벽의 빛처럼 다가온다. 투명한 물방울들이 송골송골 매달려 있는 시원한 콜라 한 컵에, 이마에 돋은 땀을 닦는 친구의 환한 얼굴이 주홍빛으로 물들어 간다.

　만날 수 있어, 참으로 좋은 나날이다.

　친구와 가을이는 뛰어다니며, 깔깔거리고, 바람은 생명의 향기를 전해오고, 풍경 소리는 음표가 되어 부유한다. 가을이의 털이 온몸에 들러붙어 친구는 울상을 하고선 엉거주춤 일어선다. 순하고도 무해한 아름다운 풍경이다. 만남 이후에 이어지는 서글프게 사라질까, 두려운 시간이 달려오지만, 잊지 않기 위해 나는 한 획, 또 한 획을 그으며 기록한다. 시·공간의 씨실과 날실이 어쩌다 엮여 자수를 놓았지만, 하나의 완전한 추억을 만들어 준다. 분명 다시 꺼내어 보다가 싱긋 웃으며 서재에 가지런히 꽂아둘 풍경이다. 인연의 모습이 어떻게 흘러갈지는 아무도 모르지만, 내가 웃고 있는 지금 이 순간을 나는 기록하고 간직할 것이다. 시간의 힘 앞에 우정의 모습도 변해가겠지만, 기억의 힘 앞에 박여있는 우정의 모습은 마음 한 곳에 반듯하게 자리할 것이다. 만남의 기억들은 펜 끝에서부터 시작해 검푸른 정맥처럼 번져가고 내가 한 시절을 살아갔음을 명징하게 증명해 주며 나를 언젠가는 변호해 주리라 믿는다. 뒤를 내버려 두고 세월이 달려 갈수록 미소하지만 아름다운 기억의 조각들이 흐릿한 덩어리가 되어 한꺼번에 사라지게 될까.

나는 그게 참으로 두렵다.

어쩌면 만남이라는 건, 흩날리던 씨앗이 흙으로 날아드는 일인지도 모르겠다. 씨앗은 바람에 실려 이리저리 떠돌다가 비록 착각이었다 할지라도, 온도와 습도, 양분과 촉감이 좋을 것만 같은 흙에 뿌리를 내리고 꽃을 피우며 열매를 맺을 것이다. 하지만 결국 죽어 버리고 다시 씨앗이 되어 날아가 버린다. 씨앗은 어쩌면 사랑의 근원이 아닌 이별의 근원이었는지도 모르겠다며, 흙은 적막 속에서 혼자 읊조린다. 만남에 필연적으로 뒤따르는 죽음이라는 이별은 지구상의 피조물에게는 피할 수 없는 자명한 법칙이니까. 하지만 흙에서 피어나 꽃과 열매를 맺으며 우주가 뜨겁게 팽창하던 한 시절의 추억은 영원히 마음과 문장으로 남아 흙 속에 스며든다. 장난스레 다가온 씨앗을 흙은 부드럽고도 너그럽게 언제나 그랬듯, 잘 품어내고, 또 잘 보내줄 것이다.

언젠가는 기필코 떨어져 내릴 쑥갓의 꽃은 격렬하게도 아름답기만 하다. 자신이 흙에게 서글픈 작별을 통보하게 될 거라는 걸, 쑥갓은 알고 있을까. 이별의 주체들은 왜 이리도 사랑스러운 모습인 걸까. 골수가 흔들리고, 심장은 미어진다.

밥상을 차리다, 당신을 떠올리곤 해

가을이에게 간식을 주고 친구와 나도 점심을 먹으려 한다. 턱을 괴고, 쑥갓의 꽃을 바라보고 있자니, 집안 곳곳에 진하게 배어버려 창문을 활짝 열어야만 하는 구수한 된장의 향수가 그립다. 강된장에 밥 한술 얹어 친구를 든든히 먹여서 보내야겠다. 헤어진 후에도 배어있을 그의 흔적과 된장의 향기는 다시 혼자가 된 시간을 그리 야속하게 하지는 않을 것 같다.

　내가 가장 두려운 건, 이별이 아닌 망각이다.

　'이제 책이나 읽다가, 밥이나 먹고 가. 고생 많았어.'

　친구는 갈색 바구니를 들고서 케일과 머위, 대파를 향해 폴짝폴짝 뛰어가더니 머위가 무엇인지를 모르겠다며, 멋쩍게 웃어 보인다. 너처럼 웃고 있는 게 머위라 알려준다. 친구가 뜨락에서 장을 보는 동안, 표고버섯과 두부, 그리고 애호박과 양파를 맑은 물에 씻어 잘게 자른다. 들기름을 두른 냄비에 채소들을 넣고 달달 볶는다. 강된장은 물이 많으면 안 되기에 볶고, 또 볶아서 채소들이 품고 있는 물기들을 빼내어 준다.

　어쩌면 나 또한 나의 기억을 볶아대는 건, 슬픔으로 짜내어진 물기를 건조하기 위해서인지도 모르겠다. 그 무엇도 되지 못했고, 아무것도 아닌 내가 자신을 견딜 수 있게 하는 건, 복원되는 추억 안에 내가 온전히 존재하기 때문이다. 그것조차 서글프게 사라져만 간다면, 삶에는 검푸르게 번져가는 공허와 무의미만이 곰팡이처럼 우후죽순으로 번질 것만 같아 나는 두렵다. 그래서 나는 글을 쓴다. 스치듯 지나간 시간을 보존하기 위한 가장 고귀한 시도이니까.

우리는 만남이라는 우연한 찰나에 성스러움을 입히곤 하지만, 진정 신화적 요소는 만남이 아닌 이별 후에야 찾아오는 추억 속에서 그리움과 애도를 통해 탄생하는 게 아닐까. 모든 경전이 그러하듯, 이별 후에 아무것도 남겨진 게 없는 부재의 공간, 모든 게 무너져버린 것만 같은 황막한 공간에서 고결한 성전은 마침내 지어진다. 하지만 누군가는 이별이 아닌 만남이 신비였고, 운명이었다며, 아니에요. 라고, 단호하게 얘기할지도 모르겠다.

분명, 나 또한 사랑해서 결혼했다. 한때는 나의 모든 것이었던 사람. 그리고 그 사람을 만나고 알게 된 건, 기적이었다고 말한다. 하지만 분명 사랑하고 행복했던 한 시절을 함께 만들었으나 끝내 우리는 이별도 만들어야 했다. 말로 설명할 수 없는 집착과 후회를 오가며, 방구석에서 쪼그리고 앉은 비루한 나를 내려다보아야만 했다. 모든 시간과 기억을 지울 수만 있다면 지우고만 싶어 하던 보잘것없는 마음은 한낱 망상에 불과했다. 잊고 지우고 미워하려 애쓸수록 후회만이 밀물처럼 밀려들었으니까. 밀물에 휩쓸려 나의 존재

마저도 바위에 부딪혀 부서지는 물거품처럼 흩어지고 있었으니까.

온 우주가 달려왔을 기적과도 같은 인연이 만들어 준 소중한 것들을 떠올렸다. 추억들, 마음들, 그리고 아이들. 온전히 아름다웠다고 할 순 없겠지만, 무엇 하나 소중하지 않은 것 또한 없었다. 기억하기 위해 기록했다. 나의 인연을 있는 그대로 받아들일수록 다시 나아갈 꿈과 희망으로 성전은 지어지기 시작했다. 좋은 기억도, 아픈 기억도, 이별 후에야 찾아드는 과거는 역설적으로 나를 온전히 현존하게 했다. 과거와 현재를 수시로 오가며 문장을 이었다. 그와의 추억은 별것 아닌 게 아니었고, 스쳐 지나간 그저 그런 인연이 아니었으며, 덩어리져 사라져 버리는 시간도 아니었음을 마침내 선언했다. 관계에 있어 특별하고도 소중한 의미는 결국 만남이 아닌 이별 후에야 작동하는 회상의 심리적 반응에서 순산되는 듯하다. 수많은 이별로 이루어진 삶에서 상실을 되메우는 기억의 행위와 슬픔을 견디어 내는 애도의 의식은 고결하다. 아무렇게나 덮어버린 사랑의 흔적들, 부정적인 것들로만 뭉쳐진 기억의 왜곡들, 가차 없이 절단된 시간의 거친 단면들에서는 누더기 같은 아스팔트 도로처럼 풀 한 포기도, 꽃 한 송이도 자리하지 못할 테니까.

볶아진 채소에 된장과 고추장, 고춧가루를 넣고 조금 더 볶다가 멸치 육수를 조금 부어 끓인다. 그리고 으깨어 둔 두부와 남은 채소들을 넣고, 자박자박해질 때까지 익힌다. 볶아대고 볶아대다 보니, 어느새 삶은 구수한 향기와 군더더기 하나 없는 맛으로 나를 인도하는 것만 같다. 친구는 잘라 온 머위와 케일을 계란꽃 가득 피어난 수돗가에 앉아 흥얼거리며 씻는다. 안구에 선명하게 각인된 온화한 풍경이 갓 끓여낸 강된장을 닮은 것만 같다. 서재를 채워가는 된장의 향기는 아스라한 향수를 깨워내는 듯하다.

자신과 타자의 마음을 다시 돌아보며, 인연의 씨줄과 날줄이 엮어지던 시간과 공간, 그리고 그 속에서 선명하게 존재했던 서로의 모습을 자세히 살펴보는 일을 우리는 회상이라 부른다. 그 시절의 의미를 찾아 삶을 돌아보는 일이 회상이라면, 누군가가 얘기한 것처럼, 인생은 의미 찾기의 다른 이름에 불과한 것인지도 모르겠다. 삶을 살아가는 일이 지나간 시간에서 의미를 찾아가는 과정이라면, 지나간 이별에서도 반드시 의미를 찾아야만 하지 않을까. 그 시절을 살아가던 자신이 싹둑 잘려 나가지 않게. 그 만남이 누런 벽지에서 피어나는 곰팡이처럼 검푸르게 변색되지 않게.

　　비록 남아있는 나날도 수많은 헤어짐의 반복으로 이루어지겠지만, 수천 개의 별빛 같은 인연들이 나를 있게 할 것임을, 이젠 잘 안다.

　　끓는 소금물에 잠시 대처 낸 케일과 머위로 참기름을 섞은 쌀밥을 얹어 돌돌 말아 주먹밥을 만든다. 끓여낸 강된장을 부어 친구와 나는 마주 앉는다. 그저 우연하고도 가만하게 만났으나, 이별의 시간은 언약이라도 한 듯, 끝내 다가오고야 말지만 괜찮다. 친구와 보낸 시간은 생이 소멸하는 그날까지도 꺼내어 읽기를 반복할 테니까. 이별의 아픔 속에서만 사랑의 깊이를 알게 되다던 엘리엇의 말처럼, 이별 후에야 비로소 알게 되는 성스러운 것들은 여전히 존재하기에 나는 끝끝내 이별할 수가 없다.

특별한 인연은 사라져도 마음 안에서 부재(不在)하지 않는다. 단지 지금 없을 뿐이다.

점이 되어가다 사라진 친구의 흔적을 더듬거리며, 노르웨이의 숲을 펼친다. 순간순간 책장의 귀퉁이가 나도 모르게 젖어간다. 이십 대에 읽었던 느낌과 사십 대에 읽는 느낌이 사뭇 다르게 다가온다. 그만큼 세월로 인해 경험과 마음, 그리고 생각의 층계들이 조금은 더 다른 모양으로 쌓였기 때문일 테다. 누군가가 아련하게 머물렀던 흔적들이 결국 고단한 삶을 견딜 수 있게 하고, 성장하게 한다. 보르헤스의 말처럼, 운명은 반복과 대칭을 좋아하는 지도. 그리고 그건 인간의 망각에 어느 정도 기원을 두고 있는 것이라, 여겨진다. 우리가 매 순간 삶을 다정하게 매만지고, 사무치도록 그리울 추억을 만들거나 최소한 기억을 간직해야 하는 이유는 어쩌면 석양을 뒤로하고서, 모두에게 공평하고도 무심하게 걸어오는 이별을 준비하기 위함이 아닐까. 운명처럼, 되풀이되는 공허함과 욕망을 정지시키고 앞으로 나아가기 위함이 아닐까. 우리는 한 사람만이 남겨지고, 단 한 번의 삶을 살 수 있을 뿐이다.

영원히 살 것처럼 살아가지만, 결국 우리는 모두 죽는다.

매 순간이 소중한 이유다.

밥상을 차리다, 당신을 떠올리곤 해

06_망각의 두려움이 몰려올 때 〈케일 머위 강된장 쌈밥〉

07

때로는 느리게, 가끔은 멈추고서
《깻잎 토마토 스파게티》

'자연은 모든 것이 느리다. 그래서 나는 시골에서 자연의 완벽함을 온몸으로 느낀다. 그런 경험은 더할 나위 없는 내 삶의 행운이었다.'

「나의 노트 중.」

　　　　　속살을 내보인 아지랑이가 도시의 아스팔트 바닥을 지나 수줍게 피어난다. 어느새 계절은 좌표를 옮기듯 다른 곳으로 이동하고 있다. 나는 계절의 사이에서 멀뚱히 서 있을 때면, 가끔은 가는 길이 조금 두렵기도 하다. 무얼 하며 살아온 건지 기억이 흐릿할 때면, 앞으로 나아가야 할 길도 동시에 희미해지는 것만 같다. 습기 가득한 거울 속의 희끄무레한 나를 바라본다. 나는 지난 한 달이 어떻게 지나간 건지, 원래 없었던 기억처럼 측두엽이 캄캄하다. 누군가가 필름의 일부를 손으로 찢어버려, 잘려 나간 거친 단면만이 남아버린 것만 같다. 가만하게 턱을 괴고 앉아 모나미 볼펜을 검지와 중지에 끼워 돌리며 생각에 잠긴다. 항상 일터에서의 일들로 유월의 여름과 십이월의 겨울은 무엇하나, 온전하게 떠오르는 풍경들이 없었다. 계절의 초입에서 시간에 쫓기고, 책임에 떠밀리고, 타인들의 숱한 사연들에 빠져 허우적거리다가 겨우 팔을 뻗어 계절의 사이를 가까스로 건너곤 했었다. 빠르고, 성마르게 움직여 보았지만, 그곳에는 결국 불규칙적이고 거친 호흡들이 소복하게 덮어버린 서글픈 시간만이 쌓여있었다. 숨 가쁘게 살아왔으나, 무엇 하나 이룬 것도 없고, 아무것도 되지 못한 거울 속의 나는 언제나 희미하게 슬펐다.

프로메테우스의 형벌처럼, 끝나지 않을 것처럼 반복되는 일상에서 잠시나마 비집고 나와, 거슬러 올라 뜨락을 둘러본다. 씨앗이 조금씩 자라 꽃을 피운 그곳에는 꿀벌들과 나비들이 모여 속살거린다. 자그마한 나무들은 더디게 자라는 듯 보였지만, 어느새 나의 키를 훌쩍 넘어 앵두와 매실, 그리고 복숭아를 매달고 있다. 평상에 누워 늙은 감나무 가지에 걸린 청명한 하늘을 바라보며, 좋아하는 김동률의 목소리를 불러내고, 얼음 띄운 까만 커피에 입술을 가져간다.

밥상을 차리다, 당신을 떠올리곤 해

'언덕을 넘어 숲길을 헤치고 가벼운 발걸음 닿는 대로, 끝없이 이어진 길을 천천히 걸어가네.'

그의 낮고 따듯한 목소리에 이끌려, 친구에게 호박잎에 쓴 편지 한 장을 붙여보고도 싶어진다. 우체부 아저씨의 낡은 오토바이 소리가 멀리서 들려오면, 신발을 꺾어 신고서 달려 나가 답신을 기웃거릴지도 모르겠다. 글을 쓰는 일과 온화하게 흐르는 자연은 느림과 침묵이라는 교집합이 있는 듯하다. 서두름 없이 진지한 눈빛으로 오래 바라보며, 고요하게 생각에 잠기고만 싶다. 반복되는 듯한 일상 속에서도 느림과 침묵은 살아가고 있음을 느끼게 해주는 압도적인 힘이 있는 것만 같다. 숨을 깊게 들이마시고, 짙게 뱉어낸다.

나는 살아있음을 느낀다.

어리숙한 욕심을 부리며, 좀 더 이르고, 좀 더 빠르게 토마토를 맛보고자, 지난 사월에 이른 토마토를 심었다. 한 인간의 우매한 욕심을 조롱이라도 하듯, 자연은 사월의 늦서리를 서슴없이 보내주었다. 늦서리를 맞은 토마토들의 시간은 그렇게 정지되고야 말았다. 얼어붙은 토마토를 어찌해야 할지를 몰라 옆에 쪼그리고 앉아 말라버린 토마토 잎을 이리저리 뒤척거렸다. 인간의 어리석음은 자연이 선언하는 경전 앞에서 볼품없이 나뒹굴어야만 했다. 그렇지만 자연은 너그럽고도 부드럽게, 느리지만 단단하게 상처받은 토마토를 회복시키고 있었다. 나의 욕심으로 사라진 시간을 토마토는 그늘 뒤에서 재생시키며 조금씩 자신의 삶을 다시 살아가고 있었다. 성마른 마음을 느린 침묵으로 자연은 희석시키면서, 그렇게 소란스러운 삶을, 말 없는 앎으로 나를 인도해 주었다. 곰곰이 돌이켜보면, 느리지만, 침묵으로 단단해지던 시간만이 온전하게 내 안에서 존재하는 것만 같다. 천천히 흐르고, 손에 쥐어지는 것도 하나 없는 듯했지만, 이에 비례해서 깊숙하게 자리한 기억들은 언제나 펜으로 꾹꾹 눌러 담을 수가 있었다. 영원히 문장으로 남게 되는 것들은 아마도 대부분 그런 것이리라.

느리지만 온 마음을 다해 느껴지던 감각들과 떠오르던 생각들.

'시간은 삶이며, 삶은 가슴 속에 깃들어 있는 것이다. 사람들은 시간을 아끼면 아낄수록 가진 것이 점점 줄어든다.'

「미하엘 엔데」'모모' 중.

미하엘 엔데의 문장을 소리 내 읽다 보니 토끼와 거북이의 이야기가 떠오른다. 사실 현실의 달리기에서는 거북이가 토끼를 이길 수는 없을 것이다. 하지만 거북이는 삶이라는 지난한 경주에 있어 토끼에게 승리한 거라는 걸, 우화는 말하고 싶은 게 아니었을까. 들길을 걸으며, 사랑을 나누는 하얀 나비들의 흔적을 따라가고, 천천히 걷는 달팽이에게 눈인사를 건네며, 새들에게 안부를 물을 수 있는 느림의 미학은 분명 거북이만이 알 수 있는 삶의 환희와 충만함일 테니까. 그렇게 차근하게 흘러서 아름다운 조각들이 심장의 밑바닥부터 선명하게 쌓이다 보면, 살아온 삶이 풍성해지지 않을까.

　빠른 것이 중요한 게 아니다. 남아있는 온전한 기억들이 중요한 것이다.

　그리고 기억은 우리가 생각하는 것보다 훨씬 힘이 세다.

　아내와 이별한 후, 멈춰진 듯한 시간과 공간 안에서 시골 서재를 가꾸기 시작하던 그날이 떠오른다. 그 시절, 나는 거북이처럼 느렸지만, 뚜벅뚜벅 삶을 채우는 길을 향해 걸어갈 수 있었다. 나무와 모종을 심으면서, 씨앗들을 흩뿌리며, 침묵을 벗으로 삼았다. 멈춰진 듯한 시간은 나와 타인의 사연이 가득 담긴 엽서들로 채워지고, 그것들은 내 안에서 울림이 되어, 문장으로 건져지곤 했다. 비록 볼수도 없었고, 만질 수도 없었지만, 나무들과 식물들의 내면에서 꿈틀거리는 창조와 생명의 소리에 이끌리듯 따라가, 우주가 허락해준 기적 같은 인연들에 감사할 수 있었다. 어느덧 다시 찾아온 여름의 향기가 삶을 물 들인다. 여름의 밤이 이상하리만큼 더 이상 숨막히지 않는다.

　오늘은 여름의 밤 그늘 아래에서, 한참 동안 자연의 시간에 나를 맡긴다.

'비록 간단한 산책이라 하더라도 걷기는 오늘날 우리네 사회의 성급하고 초조한 생활을 헝클어 놓는 온갖 근심 걱정들을 잠시 멈추게 해준다. 두 발로 걷다 보면 자신에 대한 감각, 사물의 떨림이 되살아나고 쳇바퀴 도는 듯한 사회생활에 가리고 치워져 있던 가치의 척도가 회복된다.'

「다비드 르 브루통」,'걷기예찬' 중.

산책이라는 단어를 노트에 적어두고 생각에 잠긴다. 산책은 흐트러뜨릴 '산(散)'과 계략 '책(策)'으로 이루어진 단어이다. 계획적이고, 계산적인 생각들을 흩어버리기 위해 천천히 걷는 일이 산책인 것이다. 도시에서의 일상은 이성과 수많은 계획들, 그리고 이를 실행하고 합리화하기 위한 근거를 찾는 일들로 분주하고도 바쁘게 지나간다. 하지만 정작 어느 것 하나 내 것인 것이 없었고, 어느 것 하나 가뭇없이 사라져 버리지 않는 것도 없었다. 도시의 당겨진 시위 같은 일상은 무너질 바벨탑을 짓는 듯한 공허를 생산하는지도 모르겠다. 그래서 자연 안에서 침묵으로 대화하는 멈춰진 듯한 이 시간이 나에겐 너무나 소중하다. 홀로 호수의 언저리를 따라 걷다 보면, 혼자이기에, 침묵하기에, 느리기도 또는 멈추기도 하기에 보이지 않았던 것들이 보이기 시작한다. 그리고 그때 보이는 것들은 예전과는 다른 모습으로 나에게 다가온다. 잔잔한 호수의 물장구 소리에 발맞추고, 피어나는 물비린내를 맡아본다. 어둠이 하늘을 덮었

지만, 왜가리는 삶의 지향
점을 알고 있는 듯, 박차고
날아오른다. 가끔 물속을
들어갔다 나오는 청둥오리
가족들에게서 행복을 보
게 된다. 은갈치 떼처럼 반

짝거리는 호수의 윤슬들은 하늘빛과 물빛의 경계가 사라진 것만 같
은 몽환적 풍경을 선사한다. 환하고 밝은 달빛이 걸린 적요한 풍경
에 세상이 정지되고 나도 따라 멈춘다. 내가 멈추어 있기에 담을 수
있는, 세상에 단 하나밖에 없는 보석 같은 명작이 탄생하고, 그렇게

산책은 나와 세계와의 연결을 단단하게 이어준다.

'산책은 나에게 무조건 필요합니다. 나를 살게 하고, 살아있는 세계와의 연결을 유지해 주는 수단이니까요. 그 세계를 느끼지 못하면 단 한 글자도 쓸 수가 없고, 단 한 줄의 시나 산문도 내 입에서 흘러나오지 못할 겁니다. 산책을 못 하면 나는 죽은 것이나 마찬가지고, 열정적으로 사랑하는 내 일도 무너져버릴 겁니다. 산책을 못 하면 관찰을 하지 못하고 연구도 할 수 없게 됩니다.'

「발저」'산책자' 중.

밥상을 차리다, 당신을 떠올리곤 해

생명의 기척이 가득한 여름은 같은 꽃도 없고, 같은 구름도 없으며, 같은 빗방울도 없다. 단지 우리가 모를 뿐이다. 서로의 눈을 맞추며, 이름을 불러주었을 때, 비로소 서로가 서로에게 오롯이 꽃이 될 수 있다던 김춘수 시인의 말은 참으로 진리이다. 그리고 그건 느리거나, 멈추었을 때 알아볼 수 있는 일이다. 꿀벌이 더듬거리는 갓 태어난 해바라기의 얼굴에 그저 웃음을 참지 못하는 여름이라는 계절에 나는 서 있다. 멈춰버린 듯한 시간은 나에게 오히려 많은 소리를 들려주곤 한다. 풀벌레와 매미의 울음소리, 개구리들의 노랫소리, 소낙비가 흙을 패는 소리, 바람에 사각거리는 풀잎 소리, 토마토가 붉게 익어가는 소리, 사랑하는 이들의 웃음소리. 오감을 두드리던 수많은 소리와 이름들. 여름의 소리가 무수히 지나가지만, 여름은 굳이 문장을 쓰지 않아도 괜찮은 계절인 것만 같다. 아니, 문장들은 여름 앞에서 속수무책으로 무력해진다. 느리게 걷고, 자주 멈추니 나의 까만 눈동자 안에는 완벽한 여름이 문장을 대신해 쓰인다.

나보다 나이가 한참이나 어린 친구는 시골이 뭐가 그리 좋은지 자꾸만 오고 싶어 한다. 일터의 일들로 바빠 한동안 보지 못하다가 오랜만에 만날 수 있게 되었다. 간혹 방문하는 친구의 발걸음 소리가 저 멀리서 느리게 들려오기에 여름을 품은 토마토로 스파게티를 준비해 보려 한다. 토마토와 스파게티를 좋아하는 친구를 위해 오늘은 시간을 느리게 보낼 생각이다.

'바쁠 텐데 젊은 사람이 왜 자꾸 온 데? 뭐 볼 거 있다고.'

'고요하고 쫓기지 않아도 되고, 여기가 그냥 좋아.'

　숨 막혔을 세월들, 힘들었을 시간들, 혼자라 느껴졌을 순간들이 그에게도 있었다. 쉬지 않고 살았으나, 어떻게 살아야 하는지 아직도 모르겠다는 친구의 입술을 멈춘 듯 바라본다. '조금은 느리게 살아도 괜찮고, 가끔은 멈춰도 좋은 거야.' 친구는 토마토와 깻잎을 따러 보헤미안처럼 사뿐사뿐 걸어간다. 친구가 주섬주섬 담아온 빠알갛게 잘 익은 토마토들을 맑은 물에 푹 담가 잠시 우려내고는, 흐르는 물에 깨끗이 씻는다. 나의 욕심으로 느리게 자랐지만, 껍질을 벗긴 토마토는 기특하게도 속이 가득 차 있었다. 문장과 자연을 온전히 닮을 수는 없겠지만, 곁에 두고 살다 보면, 나도 이렇게 속이 조금은 채워질 수 있으리라는 기대감 같은 것도 가져 본다. 영원히 길을 잃어버릴 것만 같았으나, 느린 풍경의 조각들이 덧대어지니, 어느새 그곳이 길이 되었다. 늦게 잉태되어 천천히 순산되었기에 이 길에 대한 확신과 믿음이 내 발아래에 가득하다. 상투적이고, 겉도는 말들보다는 어느새 침묵이 편안하게 다가온다. 가만하게 책을 고르는 친구와 사각사각 토마토와 깻잎을 자르는 나 사이에 놓인 고요는 누구나 그리워할 평온이라 읽어야 하지 않을까.

'책 좀 추천해 줘.'

'마사시의 우아한지 어떤지 모르는. 괜찮을 거야. 재미도 있고, 문장도 예뻐. 넌 글을 쓰니 아마도 더 좋아할지도 모르겠어.'

'... 우아하게 사는 건 어떤 걸까?'

'글쎄... 느리게 사는 게 아닐까.'

조금 더 깊은 맛을 내보려고, 멸치 육수에 면을 넣고 올리브 오일과 소금을 넣어 끓인다. 방울방울 천천히 떠다니며 섞이지 않는 올리브 오일이 참으로 고상해 보인다. 쫓기듯 앞만 보고 달리는 시간 안에서도 섞이지 않고 느리고도 고고하게 흐르는 삶의 조각들이 어쩌면 인생에서 우아한 질료가 되는지도 모르겠다. 이제는 나도

우아하고만 싶다.

올리브 오일을 두르고, 굵게 으깨어 둔 마늘과 양파를 넣어 달달 볶다가 다진 돼지고기와 토마토 페이스트를 넣어 조금 더 볶아준다. 잘라둔 토마토와 후추, 치킨 스톡을 넣어 스파게티 소스를 완성한다. 친구가 따온 깻잎을 보다가 건너편 할아버지네 강아지인 가을이가 떠오른다.

이른 봄 깻잎 씨앗이 담긴 봉투를 들고서 밭이랑에 씨앗을 줄 세워서 뿌리고 있었다. 나의 주변을 맴돌고 있던 가을이는 한순간 씨앗 봉투를 낚아채서는 즐거운 듯 뛰어다녔다. 돌려달라며 가을이를 쫓아다니다가 결국 씨앗 봉투를 주웠지만, 어느새 깻잎 씨앗이 하나도 남아있지 않았다. 떨어지고 흩어진 깻잎 씨앗들이 결국 싹을 틔워 난데없는 곳에서 깻잎들이 자라기 시작했다. 비록 원하던 곳에 깻잎을 키울 수는 없게 되었지만, 뭐 어떻겠는가. 깻잎을 보면 사랑스러운 봄날의 풍경이 떠올라 항상 웃게 되는 어쩌다가 만난 삶의 선물이 배송되었으니 말이다. 친구에게도 가을이 이야기를 들려줬더니 한참을 웃는다. 계획적이지도, 인위적이지도 않은 파종이었지만, 자연스럽고도 인간적인 추억이 되었다.

스파게티에 깻잎의 향을 입히려, 준비된 면과 함께 자른 깻잎을 소스에 넣고 조금 더 졸여 준다. 친구는 책이 재미있는지 어떠한 소리도 만들지 않고 푹 빠져서 읽는다. 독서 중인 사람의 모습은 참으로 우아하다는 생각이 문득 스쳐 지나간다. 스파게티이니 도라지꽃을 띄워 조금은 더 낭만적으로 플레이팅해서 친구와 마주 앉는다. 토마토처럼 시간은 느리게 흐르고, 삶은 충만해진다.

친구의 흔적이 가득한 서재는 고요하고, 책상은 단정하다. 오늘도 좋은 것들을 꿀벌이 꿀을 모으듯, 잔뜩 모은 것만 같다. 단단하고도, 투명한 고독의 사이에서 느리게 걸었던 일상에 대해 생각해 본다. 새삼 나의 일상이 애틋하고도, 우아하게 느껴진다. 마음으로 남아있는 시간은 손때가 묻은 종이책을 닮아있다. 단어와 문장, 그리고 사락거리며 넘어가는 빛바랜 페이지들. 천천히 음미하며, 밑줄을 그어둔 수많은 문장 사이에서 온전한 삶과 기억이 만져지는 것만 같다. 한가하지만, 참으로 푸짐한 여름의 밤이다. 하데스에게 처절하게 걸어가는 오르페우스처럼, 내일도 복잡한 도시를 끊임없이 달려야 하겠지만, 지금은 그저 하염없이 친구의 흔적과 함께 느리게 걷고만 싶다.

그렇게 우리들의 삶은 한 권의 종이책으로 남을 것이다.

밥상을 차리다, 당신을 떠올리곤 해

심장이 찢긴 어느 날
《오이 냉국과 오이소박이》

'심장이 찢겨본 자만이 알 수 있는 그런 목울음이 있다. 감히 위로할 수 없다. 그 목울음을 그칠 수 있는 자는 자신뿐이니까.'

「나의 노트 중.」

        늑진한 장마는 언제쯤 마침표를 찍을까. 음울한 눈빛에서 흐르는 눈물은 장맛비처럼 세상을 캄캄하게 한다. 오늘 나는 누군가의 찢긴 심장에 대어 참담하기도, 슬프기도 했다. 한 사람이 나에게 찾아와 표현할 방법을 모른다는 듯, 물기 어린 눈으로 나의 눈을 꿰뚫었다. 창밖의 비도 다시 거세게 내리며, 창문을 흔들어대었다. 정제된 부탁이 아닌 처절한 그의 요구가 세상을 집어삼킬 듯한 굵은 빗줄기와 함께 흙탕물이 된 나를 하염없이 땅으로 침잠시켰다. 끈적한 장마가 참으로 질기기만 하다. 지친 듯한 이 슬픔

109

이 그와 나를 어디로 데려갈는지는 나도 알 수 없다. 장마와 그만 작별하고 싶은데, 그는 아직도 그럴 수가 없는 듯 보인다. 찢긴 그의 심장은, 뽑힌 하얀 휴지 조각만큼이나 가냘프게 흔들린다.

이번 장마는 유난히도 덥다. 참으로 덥다.

물기 가득한 더위보다 타오르는 그의 눈빛과 폐허가 된 그의 말들을 견디는 일이 더욱 힘에 부친다. 그의 분노 섞인 흐느낌에 이끌려 창에 꼭 붙들린 빗방울을 스치듯 바라본다. 거친 장대비의 흔적은 닦아내지 않는 한, 먼지와 혼합되어 볼품없는 흐릿한 자국을 남길 것이다. 불투명한 빗방울의 흔적에 시선이 닿을 때면, 언제나 분

밥상을 차리다, 당신을 떠올리곤 해

노와 경멸이 뒤섞인 표정으로 나를 바라보던 그가 떠오를 것만 같다. 지워내지 못한 트라우마에 사로잡혀 처절하게 몸서리치던 한 남자가 빗방울과 함께 명멸한다. 철저하게 고립되었고, 치욕스럽게 무시당한 그의 아픔은 트라우마가 되어 권총 한 자루를 손에 쥐게 된 듯하다. 이제는 괜찮을 거라 믿었는데 증오의 대상인 그 사람의 목소리와 눈빛을 스치는 것만으로도 여전히 까무러칠 것만 같다는 그의 날카로운 말들은 참혹하기만 하다. 참혹한 말들은 머리로 들어오지 않는다. 가슴을 찢으며 파고들어 온다. 증오, 그리고 그것보다 결코 작지 않은 고통이 그에게서 절절하게 느껴진다. 정신과 치료까지 받도록 만들었던, 그와 그 사람의 관계를 몰랐던 나는, 그의

트라우마를 장전해 아마도 그가 거머쥔 권총의 방아쇠를 당긴 듯하다. 한 공간에 싸늘한 그들이 등을 돌리고서 앉아 있다. 하루 아홉 시간 이상 어떻게든 서로를 견뎌야 한다. 어찌해야 좋을까. 내가 작성한 문서를 물끄러미 내려다보다, 무심하게 쏟아지는 장대비를 그저 넋을 놓고 바라본다.

고통을 가득 머금은 축축한 장마가 시작된 것이다.

'그런 사람 때문에 언제까지 피해 다니시려고요. 그때 아팠던 것도, 아직까지 아픈 것도, 당신 잘못이 아니니 괜찮습니다. 대신 그런 사람 때문에 무너지지 마세요. 도저히 못 버티겠을 때, 그때 어떻게든 도와드리겠습니다. 지지 마세요. 다른 사람이든, 자신이든.'

테이블을 내려다보며 유통기한이 지난 듯한 말을 나는 주절거린다. 말은 가지도 오지도 못하고 허공을 맴돌다 사라지고 있었다. 윗니와 아랫니 사이에 결심인지, 체념인지 알아볼 수도 없는 무언가를 꽉 깨물고서, 휘청거리며 일어서는 그를 무거운 마음으로 배웅한다. 축 늘어진 그의 등을 바라보다 폐부에서 길어 올린 무겁고도 탁한 숨만을 내어 쉰다. 늑골 너머가 저릿할 만큼 쉬어 보지만, 심장은 거침없이 뛰어갈 뿐이다. 자책과 당혹감이 짓누른 책임감에 그가 앉았던 자리에 앉아 잿빛 하늘만을 무심히 올려다본다. 폐

밥상을 차리다, 당신을 떠올리곤 해

부는 부풀어 올랐다 가라앉길 반복한다. 장맛비는 하염없이 쏟아져 내린다. 몇 번의 계절이 눈물이 되어 떨어져야 할까. 끝이 있기나 한 걸까. 갑자기 일제히 조명이 꺼진 듯, 세상이 낯설어진다.

여전히 나도 가끔은 떨어져 내리는 짓궂은 삶이 오늘따라 유난히도 낯설기만 하다.

지난해 뜨락에 가득했던 해바라기들이 곳곳에 씨앗들을 떨구어 올해는 난데없는 곳에서 해바라기들이 피어났다. 텃밭 중간에서, 매실나무 옆에서, 수돗가 귀퉁이에서 피어난 해바라기들의 보송한 얼굴을 보고 있노라면, 아이의 갓 태어난 미소를 바라보는 듯하다.

하지만 그런 해바라기들의 큰 키와 육중한 무게는 하릴없이 쏟아지는 장대비 아래에서 대책 없이 쓰러지고 속수무책으로 꺾여버리고야 만다. 푸념을 섞으며 장맛비에 의지가지없이 쓰러진 해바라기들을 세우고 일으켜도 보지만, 한번 드러누운 해바라기는 다시는 햇살을 찬미하지 않는다. 고개를 들지 않겠다는 단호한 결심과 순수한 자존심은 끝내 해바라기를 죽음으로 인도한다. 별빛 하나 남아 있지 않은 까만 밤, 고개를 떨군 채 염분 짙은 눈물을 적시는 해바라기는 치욕스러움과 두려움으로 그렇게 화석처럼 천천히 응고되어 간다. 단 한 번의 상처와 지워지지 않는 상흔은 족쇄가 되어 해바라기의 목을 비틀고야 만다.

트라우마(Trauma)는 외부로부터의 큰 충격이나 강한 인상으로 인한 정신적인 손상을 의미한다. 의학적 용어로는 외상 후 스트레스 장애(PTSD)라고도 표현한다. 일상적인 생각과 감정 상태를 벗어나 무의식적으로 어떤 사건에 압도되어 있어 비슷한 상황이나 사물, 사람, 그리고 자극 단어에 의해 부지불식간에 신체와 영혼이 잠식되는 증상을 트라우마라 한다면, 나 또한 버려짐의 트라우마에 여전히 사로잡혀 있는 건지도 모르겠다. 사실, 잠시만 아픈 거라 믿었었지만, 트라우마는 발길 닿는 곳마다 뒤따르며, 집요하게 발목을 붙잡는다. 사람들이 의미 없이 던진 말들과 방구석 귀퉁이의 서늘함을 통해 대낮의 불안과 한밤의 우울은 수시로 드나들며, 상처를 덧나게 하고,

사람을 만나는 일을 버겁게 하기도 한다. 어느새 누군가의 말과 행동, 눈빛마저도 가장 부정적인 의미를 부여하는 능력이 나에게 생긴 것이다. 사람이 싫으면서도 동시에 누군가를 만나고 싶다는 모순적인 생각이 나에게 생긴 것이다. 이미 생겨나 버린 상처와 얼룩을 아물게조차도 하지 못하는 스스로에 대한 실망감은 무기력이라는 살기 가득한 얼음꽃을 피운다. 줄줄이 늘어선 녹색빛 알코올 병과 날선 언어들의 강물에서 그저 나무토막처럼 흘러 다녔으니, 브레히트의 말처럼, 그 시절의 나는 죽은 물고기를 닮았다.

산 것들은 그저 무기력하게 떠다니지만은 않으니까.

갈라지는 현실 앞에서 어둑한 허공을 떠돌던 나의 눈빛은, 소리 없이 베갯잇을 적시고, 날카로운 천장을 추락시키곤 했다. 추락하는 천장이 두려워 베개에 얼굴을 파묻고서 눈을 깜빡이면 치졸한 자기 연민과 무책임한 후회만이 명멸한다. 눈꺼풀 안에서 기생하는 고통과 불면의 밤을 지나던 어느 날, 달빛을 따라 잠에서 깨어났다. 유리잔에 물을 따라 마시다가 등뼈를 들썩거리는 나를 말 없이 바라보며 생각에 잠겼다.

'내가 누구였더라...'

문득 세상이 한순간에 고요해졌다. 흐릿한 빛을 삼키는 조명등

밥상을 차리다, 당신을 떠올리곤 해

을 켜고서 펜을 들어 상처를 비춰보았다. 캄캄한 심연 안으로 들어가 바닥까지 내려갔다. 내가 누구였던가를 떠올리며 처음에는 문장을 잇는 일이 처참하리만큼 고통스러웠다. 하지만 요란스레 자꾸만 찔러대니 이윽고 검지에 굳은살이 박이었고, 통증은 무뎌지고 있었다. 스스로를 추스르고 언어라는 걸 이용해 치유하겠다고 다짐했던 어느 날부터 고통과 상실을 마주 보며 스스로를 줄곧 두드리다 보니, 이제는 오히려 고통의 가치가 사라질까, 두렵기도 하다. 고통에 휘둘리지 않고, 감정의 찌꺼기를 담아두지 않으니 깊이 박인 트라우마는 흐릿해지기 시작했다. 누구나 그런 상황을 겪으면 그럴 수밖엔 없을 거라는 지극히 평범하고도 인간적인 공감, 비정상적이라 여기던 것을 정상적으로 마주하려는 의지, 지나간 것은 지나간 대로 이유가 있으리라는 마음, 스스로에게 관대해지려는 여유. 이러한 것들을 문장으로 이어가다 보니 어느새 트라우마는 옅어져만 가고, 반비례해서 삶은 단단해져 가는 것만 같았다. 빛바랜 노트의 사나운 문장들을 내려다보니, 이제는 고통과 슬픔은 자연스러운 것이며 곁에 두고 이리저리 살펴보아야 할 감정의 특별한 부분이라 여겨진다.

  '화가의 영혼과 지성이 붓을 위해 존재하는 게 아니라, 붓이 그
  의 영혼과 지성을 위해 존재한다. 진정한 화가는 캔버스를 두려
  워하지 않는다. 오히려 캔버스가 그를 두려워한다.'

「반고흐」'영혼의 편지' 중.

나의 삶을 사랑하게 되니, 비록 모든 고통을 억제하지는 못하지만, 재생과 회복의 힘이 나를 그저 강물에 휩쓸려 떠다니게 하지만은 않으리라는 견고한 믿음이 내 안에서 자라는 것만 같다. 나를 찾아오는 친구의 마음을, 나를 향한 동정이나 연민으로 왜곡하지 않고서 황혼 녘 호수의 순수한 복숭앗빛 윤슬을 닮았다고 이제는 투명하게 느낄 수 있다. 관계의 회복은 자기 폄하를 버리고, 있는 그대로의 나를 인정하면서 그래도 좋은 점과 잘하는 부분이 있다는 자존감에서 시작되는 게 아닐까. 부서지는 석양빛으로 멀리서 걸어오는 초입의 사물을 여전히 정확하게 분간하지는 못하지만, 언제부터인가 떳떳하게 손을 내밀어 볼 수는 있다. 나를 위해, 나를 향해 곧장 다가오는 누군가의 변함없는 실루엣이라는 걸, 이젠 알아볼 수 있으니까.

　알아보지 못한 건 단지, 내가 덮어버린 나의 마음 때문이었으니까.

　축축한 장마의 발자국들로 움푹 팬 흙들이 모질게도 들러붙은 오이들을 더 늦기 전에 구조하겠다 결심한다. 찾아오는 손들은 무조건 밥값은 해야 한다는 서재의 법칙에 따라 친구는 오이와 고추, 부추와 대파를 수확하러 떠밀리듯 걸어간다. 신체를 움직이고, 땀을 흘리며, 자연과 교감할 때, 스스로가 얼마나 중요한 존재인지를 깨달을 수가 있다. 정직한 노동과 순수한 자연의 힘은 사람을 깨우

치게 한다. 나도 고슬고슬하게 흩어지는 까만 흙을 매만지며, 자연이 너그럽게 내어주는 위로와 기쁨의 언어들에서 결국 나는, 나를 용서하고 사랑할 수 있었다. 호수에 몸을 가득 담근 달빛이 회색빛으로 물들여 가는 시골 서재에서, 나는 퇴근 후에 작물을 가꾸며, 나무를 어루만진다. 쏟아져 내리는 별빛들과 달빛에 반사된 몽글몽글한 하얀빛 구름 아래에서 농사를 짓고, 글을 쓰는 일은 참으로 호사스러우면서도 황홀하기까지 하다. 온 우주가 나를 향해 달려오는 것만 같다.

점멸하던 진실은 이제 다시 명확해진다. 내 삶의 주인공은 나이며, 내 영혼의 주인은 나라는 사실. 모든 삶은 길 위에 있다는 말은 어쩌면 길은 어디에도 없다는 말과 같은 듯하다. 우리는 매일 우리의 길을 스스로 만들고 있으니까. 단지 우리는 그걸 모를 뿐이다.

끈질기게 늘어지는 장맛비가 나와 친구를 위해 잠시 쉬어가는 듯하다. 비가 내린 뒤의 햇살은 더할 나위 없이 찬란하고, 사나운 겨울을 쫓아 찾아오는 봄은 참으로 따사롭다. 그리고 다시 비가 내리고 흰 눈이 쌓이리라는 걸, 우리는 잘 알고 있다. 고통을 연상시키는 자극 단어들 또한 직면하고, 소리 내어 또박또박 읽어 나갈 때, 더 이상 자극은 자극적이지 않다. 아득히 멀어져만 가는 심연의 고통을 응시하며 생각한다. 세상에 영원한 것은 없다는 걸. 있다면 마음으로 새겨진 기억들뿐이라는 걸.

그래서 글을 쓰는 일을 나는, 차마 멈출 수가 없다.

더위에 지친 고마운 친구를 위해 오이냉국과 오이소박이, 그리고 고추장 불고기를 준비한다. 오늘은 손이 많이 갈 듯하지만, 뭐 어떻겠는가. 이 시간이 나의 삶을 이루어 주니까. 이 공간이 나의 존재를 증명하니까. 내가 잘 마시지는 않지만, 친구가 좋아하는 차가운 맥주도 두어 병 사두었다. 선풍기 바람에 입을 크게 벌려 아하고 소리를 내며 맥주를 마시는 친구의 모습에 웃음은 참을 수가 없다. 친구가 '노르웨이의 숲'을 꺼내어 읽는 동안, 건 미역을 식초물에 담가 불리다가 조금 데쳐둔다. 아삭아삭한 오이의 식감이 살아있도록 오이도 얇게 잘라 올리고당과 소금을 넣어 절여둔다. 찬물에 소금과 올리고당, 그리고 식초를 넣어 간을 맞추고 청양고추를 듬성듬성 썰어 매콤한 맛을 내어본다. 데치고 절여둔 미역과 오이, 그리고 얼음과 통깨를 넣어 만든 오이냉국을 친구에게 한 사발 내어준다. 목을 지나 시원하게 넘어가는 소리와 새콤달콤한 냄새, 선연한 풍경들. 언젠가 나에게 날카로운 고통의 흔적이 다시 찾아오게 된다면, 지금 이 순간이 바람처럼 다녀가며, 삶을 다시 붙들어 줄 것만 같다.

오이소박이를 만들려고, 오이 껍질을 식초 물에 우리고 박박 문질러본다. 먹기 좋은 크기로 잘라 십자형으로 칼집도 낸다. 잘

밥상을 차리다, 당신을 떠올리곤 해

게 썬 부추와 양파, 다진 마늘에 새우젓과 멸치액젓, 설탕과 고춧가루, 그리고 통깨를 넣어 만든 양념장으로 칼집을 낸 곳을 촘촘히 메꾼다. 날카로운 시간이 만든 상처들을 좋았던 기억들로 다시 메꿔가듯, 그렇게 되메운다.

'나를 기억해 줬으면 좋겠어. 내가 존재하고 네 곁에 있었다는 걸. 언제까지나 기억해 줄래?'

「무라카미 하루키」'노르웨이의 숲' 중.

친구가 읽어주는 소설을 들으며 생각한다. 참담하게 도려내진 우리의 마음도 맛깔나게 버무린 새콤달콤한 추억들과 의미들로 메워야 하지 않을까. 자신의 존재에 대한 작은 예의로서 의미를 부여하고 채워야 하는 일은 신이 인간에게 부여한 지극한 의무인 듯하다. '노르웨이의 숲'에서 '나오코'의 부탁을 결국 들어줄 수 있게 된 '와타나베'의 이별 의식이 회상과 글쓰기였듯, 고통에 대한 품위 있는 작별, 그리고 얼어붙은 부재의 공간을 소중한 의미로 다시 녹일 때, 우리의 상처는 명예로운 표식처럼 아물어 가지 않을까. 속수무책으로 다가오는 고통을 알지 못하고, 한밤에 소주를 마시며 고뇌해 보지 않은 자와는 아마도 깊은 친구가 될 순 없을 듯하다. 고통에는 분명한 가치가 있고, 사람을 성숙하게 하는 힘이 있으니까. 트라우마를 견뎌낸 이들에게서만 느껴지는 바위 같은 강건함이 느껴지니까.

밥상을 차리다, 당신을 떠올리곤 해

내가 가진 버려짐의 트라우마에 나 또한 이제는 작별을 고할 수 있을 것만 같은 예감이 밀려든다. 매미의 울음소리가 커져만 간다. 매미는 얼마 살지 못하지만, 짧은 한 생을 소리높여 살아간다. 친구도, 나도. 여린 우리는 죽은 물고기가 아니다. 비록 짧더라도 소리높여 살아가야 할 존재들이다. 멀리서 회색빛 구름이 가라앉았다 떠오르길 반복한다.

길었던 장마도 곧, 끝이 날 것이다.

모든 밤은 당신의 낮을 응원한다
《옥수수밥과 된장찌개》

'누군가를 응원하는 것이 결국 나를 응원하는 일이었다. 알게 모르게 내어주는 기적들이 나를 견디게 하고 살아가게 하고 있었음에, 이제라도 늦었지만 고맙다는 말을 전한다.'

「나의 노트 중.」

드높던 여름의 햇살이 마지막으로 창을 지나, 낮게 손을 뻗으며 손등에 내려앉는 시간이다. 일터에서의 하루가 저물어가는 이 시간은 내가 가장 기다리는 빛을 보여준다. 나의 한낮을 조용히 응원하는 것만 같은 온화한 채도와 명도다. 종이를 뱉어내는 건조한 복사기의 마찰음들, 키보드의 거친 파열음들, 작은 먼지를 일으키며 넘겨지는 차가운 서류 뭉치들, 철제 의자의 딱딱한 것이, 딱딱한 것에 부딪히는 덧없는 소리들. 일상의 인위적인 황량한 소리에 나의 일상은 걸려 넘어지고 일어서기를 반복한다. 특히나 날이 잔뜩 선 사무실의 전화벨 소리는 언제나 수화기가 악다구니를 쓰는 것만 같았고, 플라스틱 수화기 너머의 목소리를 추측하게 하곤 한다. 악에 받친 날카로운 목소리이거나, 너울대는 슬픔이 건너오는 목소리 중 하나이기에, 수화기를 들어 올리는 내 손은 힘줄이 끊어진 것처럼, 무거워지곤 한다. 습기가 배어 눅눅해진 수신자 없는 편지처럼, 눅눅한 비바람이 다시 달려오고 있다. 싸늘한 비바람이 세상을 회색빛으로 물들여 간다. 창밖을 물끄러미 건너다보다, 울어오는 수화기에 손을 가져간다.

'잘 지내셨나요?'

어딘가에서 분명히 들었는데. 무의식이 소환하고 있는 낯익은 목소리였다. 순간의 정적을 밀어내며 메모지에 알 수 없는 동그라미를 그리며 곰곰이 생각해 보니, 지난해 가을 무렵, 윗니와 아랫니를 꽉 깨물고서 썼었던, 내 글의 모티브가 되었던 얼굴 없는 이의 아내였다. 벚꽃을 닮았다고 생각했던 그녀가 계절과 계절을 건너, 여름의 짙은 향기가 되어 다시 흘러들고 있었다. 퇴근 무렵이었지만, 불가해한 기쁨에 이끌려 나는 그녀를 만나야 했다. 다시 그 계절의 글을 펼쳐 읽으며, 기억의 조각들을 맞추어 재생시킨다.

    일 년 전, 그녀의 남편을 처음 알게 되었다. 무례했던 그는 사직원이라 적힌 희멀건 종잇조각을 나에게 던져두고는, 어떠한 의미도, 설명도, 바람도 남기지 않겠다는 선언이라도 하듯, 가뭇없이 사라져 버렸다. 그는 무례했다. 참으로 무례했다. 무례한 그는 우울증을 앓고 있었고, 작은 일에도 감정의 변화는 걷잡을 수 없었기에 고립되고 있었다. 그걸 차마 인정할 수 없었던 그는, 스스로를 세상으로부터 단절시키려 했다. 얼음기둥 같던 그와 물이 되어 흘러내리는 그의 이야기를 비로소 그의 아내를 통해 알 수 있었다. 감당하기 버거운 우울증. 모든 걸 잃었다고 착각하는 인간의 무의식이 어떠한 결정을 하는지 수없이 보아온 나는 그의 아내에게 다른 방법을 설명해야만 했다. 그의 사직서를 서랍 깊숙한 곳에 넣어 잠그고, 휴직원으로 전환했다. 그리고 어느새 캄캄한 터널을 지나 희미한 빛일지라도 가닿은 것만 같은 그의 이야기를 다시 듣게 되었다.

다시 만난 그녀의 이야기는 그 시절의 그와는 낮과 밤만큼이나 달랐다. 이후 그는 주저하던 정신과에 다니며 자신의 일상을 회복하고 있었다. 자신을 있는 그대로 받아들이며, 괜찮아야만 한다는 집착에서 지금은 조금씩 벗어나고 있는 듯했다. 지금도 꾸준히 약을 먹으며 가끔 깊은 우울함에 빠져들기도 하지만, 그 전처럼 일상을 향해 단호하게 등을 보이지는 않는 듯했다. 생의 갑작스러운 횡포를 향해서, 집착을 내려놓은 일상으로 온 힘을 다해 저항하고 있었다. 그는 다시 일터로 돌아오고 싶어 했고, 지난 일 년을 간절하게 살아온 듯했다. 운명은 그의 간절함을 기다리고 있었는지도.

물끄러미 나를 바라보던 그녀의 분홍빛 입술이 느리게 움직인다.

'그때는 참 고마웠습니다. 다시 부탁을 드려야 할 것 같아요. 아이 아빠가 복직하고 싶어 하는 데, 괜찮을까요?'
'인사 기간에 맞춰서 복직 신청해 주시면 제가 좀 더 도와드릴 수 있을 듯합니다.'
'감사합니다.'
'요양 잘하시라 전해주세요. 조만간 뵙겠습니다.'

　일 년 전의 그녀는 죽은 나뭇가지처럼 수척했고, 성냥개비처럼 타들어 가는 듯 보였지만, 이제는 고요한 달빛 아래의 호수에 발을 담그고, 사랑이라 불러야 할 것만 같은 목소리로 노래를 흥얼거리는 듯 보였다. 가만하게 앉아 그녀의 노래를 사랑의 모습이라 적고, 희망이라 읽는다. 수많은 바람과 소망, 소원과는 다른 단 하나뿐인 희망. 어쩌면 희망은 삶에서 어떠한 의미를 찾아내는 것이고, 나는 그녀에게서 희망을 보았다. 자존감이 산산이 조각났던, 그의 회복을 간절히 바라본다. 자기 자신을 포기하지 않은 사람과의 약속된 시간이 기다려진다.

　나는 언제쯤 삶의 의미를 찾을 수 있을까. 어쩌면 곁에 있으나

밥상을 차리다, 당신을 떠올리곤 해

여전히 보지 못하고 있는 것일지도.

　나는 그 무엇도 아니었고, 어느 것도 이루지 못했다. 그 시절의 나는 그저 햇살의 반대 방향으로 움직이는 그림자였을 뿐이었다. 그렇게 그림자인 채로 살아가다, 어느 날 뜨거운 태양이 궁금했고, 새까맣게 재가 되어버릴지도 모른다는 두려움을 안고서 한 발 조심스레 내디뎠으나, 나는 타들어 가지 않았다. 나는 상실을 나의 일상에 받아들이고, 그것을 벗어나려 하지 않았던 것뿐이다. 익숙해진 그것을 벗어났을 때 눈앞에 펼쳐질, 겪어 보지 못한 세계가 두려웠으니까. 친숙한 고통을 밀어내는 일이 오히려 버거웠으니까. 간절함이 고통을 넘어설 때, 운명은 비로소 나에게 다른 길을 안내해 주었다. 목숨을 옮긴다는 의미의 운명(運命)이 다르게 흐르기 시작했다. 그의 치유도 이렇게 햇살을 품고 싶은 간절한 마음으로 시작되었을 것이다.
　무심한 삶에 대한 그의 저항을 고요히 응원한다.

　'나는 네가 어떤 인생을 살든 너를 응원할 것이다. 그러니 아무것도 두려워하지 말고, 네 날개를 마음껏 펼치거라. 두려워할 것은 두려움 그 자체뿐이다.'

「맥 팔레인」,'손녀딸 릴리에게 주는 편지' 중.

　사실 고통을 인내하고, 극복하라는 말처럼 마음에 가닿지 못하
는 말도 없는 것만 같다. 넘어서지 못하는 좌절 앞에서 스스로를 찢
어발기고 있는 이들에게 그저 인내하라니. 그저 넘어서라니. 도무
지 납득할 수 없는 말이다. 누군가의 고달픔을 자신의 고달픔처럼
모두 다 이해할 수는 없으니까. 사람의 마음과 생각은 모두 다 다른

모양이니까. 하지만 수도 없이 도전하고 실패하더라도 변함없이 자신을 믿어주고, 응원해 주리라는 타인을 향한 절대적인 믿음. 그 불꽃 같은 한 조각은 운명을 이끌어 가기에 필수적인 질료인 것만 같다. 마음이 흐릿해져 가는 그에게 고통과 두려움을 이겨내라는 말보다, 벚꽃을 닮은 그의 아내가 간절함이 되었고, 운명의 이정표가 되지 않았을까. 맥팔레인의 '손녀딸 릴리에게'서 릴리에게는 외할아버지의 존재가 그렇지 않았을까. 잃어버린 듯한 길도 길이 될 수 있는 건, 길옆에 늘어서 있는 이들이 발밑으로 사랑이라 적힌 응원의 꽃잎을 흘려주기 때문일 것이다. 그러고 보면 손이 두 개인 건, 박수로 서로를 격렬하게 응원하라는 신의 의지인지도 모르겠다.

언젠가 누군가가 나에게 폐만 끼치는 것만 같다고 얘기한 적이 있다. 생각이 아닌 마음으로 들어야만 했던 그의 난데없는 문장에 놀라 한동안 마음에 잠겨야만 했다. 내가 그를 도왔던 일들이 그의 마음을 무겁게 했던 것인지, 아니면 그가 바라지 않았던 나의 응원이 투명하게 가닿지 못한 것인지. 동정은 가장 잔인하고 은밀한 폭력이라 믿는 나로서는 조금 속상하기도 했다.

'단 한 번도 폐를 끼친 적이 없었습니다. 나는 그저 나의 일을 하는 것뿐입니다. 단지 내가 당신을 아끼고 응원하게 된 일을, 당신은 폐를 끼친 거라고 부를지도 모르겠지만, 그걸 우리는 폐를 끼친다고 말하지는 않습니다. 우리는 그걸 인연이라 부릅니다.

언제나 이곳에서 나는, 당신을 열렬히 응원합니다.

나는 당신이 참 좋으니까요.'

　

침묵은 거짓되고, 피상적인 말들이 반성하며 돌아가는 고해성사라 여겨온 나는 가끔은 의도된 문장들을 배달하는 일이 필요하다고 생각하게 되었다. 프랑스의 극작가 빅토르 위고는 인생에 있어서 최고의 행복은 우리가 사랑받고 있음을 확인하는 것이라 말했다고 한다. 가끔은 또렷한 응원의 말이 필요한 것인지도. 내 응원의 마음이 부디 그에게 가닿기를 바라본다.

　

둔탁한 소리를 내지르며 바닥을 뚫어버릴 듯한 장대비가 거세게 부딪힌다. 깊게 팬 웅덩이에서 생겨나는 투명한 공기 방울들은 희망이 호흡하듯 부풀어 오르다, 터지기를 반복한다. 샌프란시스코행 야간 비행기에 탑승해야 하는 출장 일정이 다가오고 있어, 그 전에 잡초들이 무성한 서재를 조금 더 다듬고 정리해 두어야 한다. 문예창작학과 개강일이 출장 일과 겹쳐서 첫날부터 수업을 듣지 못하게 되었다. 아주 오랜만에 듣는 대학 수업이기에, 글을 배우는 이들과 함께할 수 있기에, 설렘과 떨림으로 가을을 준비한다. 바쁘게 지내는 시간이 나를 독촉하지만, 살아가고 있는 듯해서 충만하기만 한 나날이다. 액셀에 올려진 발이 무거워지니, 차창 밖의 풍경도 빠르

게 사라져 간다. 비바람에 감나무 가지가 부러지지 않을까 걱정도
조금 밀려온다.

　희끄무레해 보이는 하늘의 품에서, 빠르게 번져오는 회청빛 구
름장이 세상을 집어삼킨다. 빼곡한 구름 사이로 찰나에 쏟아지는
섬광이 하늘을 명멸시키기를 반복한다. 그것은 마치 슬픔과 아픔으
로 채색되어진 짙은 침묵과 상실의 여백이 수놓은 수묵화처럼 보인
다. 청개구리들은 다가올 시련을 맞이할 준비라도 하는 듯, 요란하
게도 울어대고, 까만 개미들은 바삐 감나무를 오르내린다. 까만 눈
을 부릅뜨고, 다가오는 검은 구름 아래에서 백색의 섬광이 산허리

에 내리꽂히는 걸 응시한다. 또 한 번 거칠게 몰아치려는 듯하다. 그렇지만 지금의 나에게 더 이상 두려움을 가져다주지는 않는다. 그 너머에는 누구에게나 공평하게 찾아오는 찬연한 하늘이 존재한다는 걸, 이젠 잘 알고 있으니까.

친구는 요즘 일터에서 산적한 일들이 자꾸만 자신에게 맡겨진다며 힘들다고 하소연한다. 일을 잘하니 그런 것이라고 다독여 주며, 나쁜 사람들이라고 끄덕여 준다. 나쁘다며 공감해 주니, 친구는 기분이 좋아 보인다. 미소한 말일 뿐이지만 무조건적인 응원은 우리가 생각하는 것보다 훨씬 힘이 강력하다.

'내가 해줄 수 있는 건 없고, 옥수수밥이랑 된장찌개 해줄 테니 한번 다녀가.'

어린 시절 외할머니댁에서 먹었던 고슬고슬한 옥수수밥과 누릿한 된장찌개의 향기는 집이라는 추상적인 실체를 구체적으로 소환시켜 주는 매개체인 것만 같다. 딱딱한 모습으로 우뚝 서 있기만 한 콘크리트 건물은 사실 그저 덩어리진 시멘트일 뿐이다. 한낮의 고단함을 한밤에 누워 마음 편히 하소연하며 내려놓을 수 있는 곳. 여행을 다녀온 후 온당하게 돌아갈 수 있는 곳. 집은 평온과 안식을 줄 수 있는 여러 감각의 집합체가 아닐까. 위로와 위안을 받고, 응원과 지지가 당연하게 자리하는 곳이기에 허름한 판자 지붕 아래에서 하늘을 덮고, 흙을 베고 누워도 모든 밤하늘의 별빛이 자신을 향해 쏟아져 내리는 곳이 집인 듯하다. 어쩌면 나는 그동안 집이 없었다. 이제서야 나만의 집을 건축하는 중인지도 모르겠다. 열렬한 응원의 마음을 담아 친구에게 하얀 김이 피어나는 옥수수밥과 된장찌개를 먹여서 보내려 옥수수밭으로 걸어간다.

우주는 우리에게 고요한 응원을 잘 들려주기 위해 투명한 밤을 선사하는 것만 같다. 침묵의 시간을 통해 누군가의 마음을, 그리고 나의 영혼이 내지르는 소리를 깨끗하게 잘 들을 수 있었다. 그 소리에 공명하며 지나간 오늘을 잘 접어서 보내주고, 다가오는 내일을 다시 써 내려갈 수 있을 것만 같다. 하얀 쌀을 우리고 불려 두고서, 뜨락에서 따온 옥수수를 소금물로 씻기고 길게 자른다. 달콤한 노란빛 냄새가 친구에게 힘이 될 수 있기를 바라보며 생각한다.

우리는 혼자가 아니다.

멸치 육수를 우려내고, 땅이 스스로를 소진시켜 가득 안겨준, 고마운 고추와 대파, 애호박을 자른다. 소낙비가 지나고 손톱달이 수줍게 번져가는 밤은 대책 없이 청량한 공기와 깨끗해진 땅의 소리를 너그럽게 대접해 준다. 까만 밤의 침묵과 달빛의 부드러움 사이에서 대낮의 소란스러움과 서글픔은 지워지는 것만 같다. 그래서 부드러운 어둠 안에서 나는 한참이고 입을 벌린 채, 노트를 펼쳐 끄적인다.

'찢긴 마음에 달은 쪼그라든다.
한낮의 참을 수 없는 가벼움과 차가움에
달은 눈꺼풀을 덮고 몸을 비틀어 고요의 밤을 기다린다.
열다섯 번의 낮과 열다섯 번의 밤 동안
달은 꿈을 잃은 희미한 존재를 견디고 호수에 자신을 씻기며,
이지러지고 부풀어 오르기를 반복한다.
둥그러지고 둥그러지며 티끌보다 가벼운 나약한 존재를,
달은 다시 감싸안는다.
가득 찬 달은 빛을 길어 대낮의 가벼움에 입을 맞춘다.
한낮의 소란스러움이 달빛 아래 스르르 잠이 든다.'

불안과 용기의 경계에서 모든 낮을 두려움 없이 맞이할 수 있는
건, 까만 밤처럼 보이지 않는 응원과 찬사를 보내주는 이들이 있기
때문일 것이다. 여전히 그들이 그 자리에 서서 나를 불러줄 것이라
는 믿음이 나를 나아가게 하는 동력이 된다. 사람들 저마다의 가슴
팍에는 우주의 불꽃이 있고, 그걸 삶의 의미인 희망이라 한다면, 불
꽃을 타오르게 하는 건, 그걸 바라봐 주는 이들의 성냥 같은 마음
이다. '괜찮아. 너는 잘 해낼 거야.'라며, 누군가 지나치듯 말해주는
단 한 문장이 불꽃을 일으킨다. 여전히 어리숙하고도 허접한 나이

09_모든 밤은 당신의 낮을 응원한다《옥수수밥과 된장찌개》

지만, 이곳에서 열렬히 응원할 테니, 부디 누군가의 일상이 굳건하길 바란다. 나 또한 더디고, 비록 늦었지만, 재촉하며 지금까지 글을 쓸 수 있었던 건, 나를 사랑하는 이들의 미소와 응원 덕분이었다. 밤이 이울도록 친구와 수다를 떨어야겠다. 친구의 옅은 미소가 이 밤의 공기를, 이 밤의 나를 가득 채운다.

우리의 모든 밤은, 우리의 모든 낮을 언제나 열렬히 응원한다.

발 닿는 곳에 삶은 다시 피고
《김치찌개와 호박잎 쌈》

'다시 돌아올 일상이 있다는 것. 어쩌면 이것이 여행의 본질인
지도. 여행을 통해 얻은 새로운 감각과 감정들 덕분에 나의 일
상은 새로워지니까.'

「나의 노트 중.」

친구와 함께 걸었던 단양의 밤거리가 떠오르는
주홍빛 가을의 밤이다. 붉은 나트륨 등이 하나, 둘 번져가고, 빛 내
린 단양을 내려다보던 친구와 나는 설레었고, 다짐했었다. 싸늘했
던 밤공기조차 친구의 목도리 안에서 따스해지던 그 시간을 나는
언제나 기억한다. 영원히 재생될 것만 같던 깊은 그 밤은 따스했다.
달빛 아래에서 함께 걷던 거리마다 기쁨으로 치환되던 시간을 뒤로
하고, 각자의 일상으로 돌아가는 길에서 조금의 안도와 조금의 아

쉬움이 몸 안에서 뒤섞였다. 여행이 아름다울 수 있는 건, 돌아가야 할 곳이 있기 때문이다. 돌아갈 곳이 없는 여행은 그저 방랑이라 불러야 할지도 모르겠다. 여행은 우리의 지친 듯한 눈동자에 일상과 안식처를 다른 빛깔로 맺히게 한다. 나는 모질던 그 시절을 조금 방황하며, 가끔은 울기도 하고, 또 가끔은 웃기도 하면서 여행을 다녀온 것처럼, 잘지나 온 듯하다. 그리고 좋은 기억이든, 나쁜 기억이든, 한 시절 지나온 여행의 끝에서 일상을 다시 찾았다. 찬연한 노란 빛의 그 계절이 다시 돌아온다. 올해가 다하기 전에 단양을 다시 가보려 한다. 친구와 보았던 영롱한 달빛은 그 자리에서 여전히 밤을 밝힐 테니까.

'나는 여행을 하고 고향에 돌아와서, 한층 원숙하고 현명해진 자의 높아진 감수성과 감사할 줄 아는 성숙한 이해심을 느낄 수 있었다.'

「헤르만 헤세」

얼마 전, 나는 두 주간 미국으로 출장을 다녀왔다. 건조한 바람이 나의 가슴으로 파고드는 낯선 곳에서 큰 트렁크를 한 손으로 끌며 천천히 걸었다. 거대한 자연과 너무나 다른 사람들 사이에서 섞여 걷고 있으니, 나의 존재는 희석되는 듯했으나, 오히려 오감은 선명해져만 갔다. 생경한 세계 앞에서 나의 편협함과 오만함은 그림자 속으로 숨어들고, 순결한 호기심만이 호박 줄기처럼 팔을 뻗고서 미지의 존재들을 거침없이 더듬었다. 광활한 대륙을 가로지르는 버스 차창에 스친 나의 눈빛은, 하염없이 작아지고만 있었다. 자연은 거스를 수 없는 영원이었고, 저항할 수 없는 경전이었기에 그저 경외를 보내며, 부복(俯伏)할 뿐이었다.

보잘것없지만, 나는 조금씩 달라지고 있었다.

'모래 가루에서 세상을 보고, 야생화에서 천국을 보라.
우리의 손바닥에 무한을 쥐고, 찰나 속에서 영원을 보라.'

「윌리엄 블레이크」'순수의 전조' 중.

티베트어로 인간은 걷는 존재, 혹은 걸으면서 방황하는 존재라고 한다. 왜 인간은 두 발로 직립 보행해야만 할까. 걷는다는 것은 두 발을 대지에 단단하게 딛고서 자유의지에 따라 전진하는 것이다. 우리가 태어나고, 다시 돌아가게 될 흙은 굳건한 안식처이며, 이를 딛고 나아가는 것은 삶의 경계를 넓혀가는 행위이다. 너무나 간명하고 단순한 행위를 따라 자연의 질문은 이어진다. 나는 누구인가. 나는 왜 살아야 하는가. 나는 죽음 앞에 떳떳한가... 이런 근원적인 질문에 우리는 답하지 않을 수가 없다. 비로소 우리는 우리의 삶을 차분하게 들여다보게 된다. 그리고 우린 그걸 잡념과 계략을 흩어버린다는 의미로 산책이라고도 한다. 산책은 넓은 의미의 여행이라 할 수 있다. 여전히 내가 어디로 향하고 있는지, 가는 길이 맞기나 한 건지 어렴풋하게만 다가온다. 그렇지만 한 가지 확실하게 말할 수 있는 건, 언제까지나 사색하며 걸을 수 있는 인간이길 바란다는 것이다. 한자리에 머물러 있는 것보다 보행을 통해 많은 사유를 할 수 있으니까. 은빛으로 물들어 가는 시골에서 나무를 가꾸고, 작물을 키우기 위해 움직이다 보면 영혼은 맑아지고, 새로운 생각과 마음이 머리와 가슴에 가득 채워진다. 여행의 본질은 사람을 걷게 하고, 생경한 환경에서 누구로부터도 방해받지 않는 성찰의 시간을 제공한다는 것이다. 여행은 나조차도 알지 못하던 자아를 찾아가는 과정이다.

  샌프란시스코라는, 라스베이거스라는, 로스앤젤레스라는 지구상에 반드시 존재하고 있었지만, 알지 못했던 날것의 공간을 마주하며 걷는 일은, 나의 공간을 한 지점에서 다른 지점으로 옮기는 진정한 시간을 살아가는 것만 같다. 인간이 숫자로 발명한 것에 불과한 불완전한 시간이 아닌 우주의 법칙인 세월의 흐름을 느끼면서 말이다. 공간의 이동과 변화가 어쩌면 완전한 시간의 흐름이라 여겨진다. 일상을 벗어난 여행은 평소 닿을 수 없었던 시선과 기억을 통해 자신이 서 있는 일정한 좌표를 온전히 복원시키고, 좌표의 이동을 통해 살아있음을 알려주는 듯하다. 공간의 이동에서 태어난 우연과 필연, 그로 인해 내 안에서 변화된 순수한 시간의 흐름을 발견할 수 있다. 우리는 얼마 되지도 않는 삶의 일부에 뿌리내리고 길들어져 가는 것인지도 모르겠다. 굳어버린 일상을, 경직된 자아를, 용해하고 다시 융합할 수 있는 여행은, 자신이라 여기며 속여오던 박제된 허물을 탈피하기 위한 결행인 것만 같다. 친구와 함께 걸었던 단양의 밤거리에서 흐르던 투명한 대기의 운행과 단단한 대지의 중력을 나는 또렷하게 기억한다. 나의 삶을 변화시키던 거스를 수 없는 그 압도적인 전율을 나는 아직도 살갗의 솜털이 일어서듯 느끼곤 한다.

'여행은 도시와 시간을 이어주는 일이다. 그러나 내게 가장 아름답고 철학적인 여행은 그렇게 머무는 사이 생겨나는 틈이다.'

「폴 발레리」

자연의 경이로움 앞에서 나는 하염없이 겸손해져 간다. 몇십억 년간 생성되고 풍화되길 반복했을 앤텔로프캐니언과 그랜드캐니언. 그 고요하기만 한 거대한 존재들 앞에서 한낱 부질없는 인간의 소유와 집착은 감히 떠올릴 수조차 없었다. 지구에 붙박인 거대한 자연은 숨 쉬는 소리마저도 들릴 듯 고요한데, 나는 왜 이리도 소란스러운 건가. 광활한 세계와 무한의 우주 안에서 내가 가졌다고 여기던 것들을 생각한다. 그리고 소스라치게 놀란다. 그것 중에 온전한 내 것은 아무것도 없었으니까. 부모와 아이, 친구와 지인, 심지어는 나의 손가락과 발가락, 두툼한 입술까지도 사실 내 것이 아니었으니까. 언젠가는 자연으로, 우주로 반납해야 할 것들이니까. 누구를 위해, 무엇을 향해 희극과 비극의 자리를 수시로 바꿔 앉으며 살아온 것인지조차 알 수가 없었고, 가졌다는 환상에 사로잡히고, 집착에 눈이 멀어서 스스로 고통을 생산하고 감내해 온 것만 같았다. 잠시 품었다가 내가 남겨두고 갈 수 있는 건, 그저 흩날리던 벚꽃을 크게 입을 벌리고서 바라보던, 사랑하는 마음들과 기억들뿐이라는 것을 다시 한번 확신하게 된다. 사랑하며, 아름다운 것들을 마음에 담아두는 일. 우주가 유일하게 나에게 허락해 주었고, 기어이 가닿을 수 있을 것만 같은 단 하나의 가치인 듯하다.

그래서 나는 그것들을 복기하며 문장을 짓는 일을, 결코 단념할 수가 없다.

'훌륭한 그림 몇 점에 조용히 감사하며 목적 없는 시간을 보낼 수 있고, 고귀한 건축물에서 울리는 아름다운 음을 열린 마음으로 황홀하게 들을 수 있다. 또 어느 풍경의 선을 진심으로 즐기며 따라갈 수 있다. 그때 평소 우리가 의욕과 관계, 소망의 흐릿한 그물 속에서만 생각하던 것이 우리에게 그림이 된다.'

「헤르만 헤세」

타자와의 관계에서 역할 지어진 누군가의 무엇이라는 옷을 벗어버리고서, 여행하는 나는 그저 전철과 버스를 타며 걷는 인간일 수 있었다. 유년의 시절, 나는 어른이 되면 하고 싶은 것들을 마음껏 하고, 가고 싶은 곳을 어디든 가며 자유로울 수 있으리라 기대했다. 하지만 십 년이 흐르고, 이십 년이 지나고, 삼십 년을 더 살았으나, 나는 끝끝내 자유롭지가 않았다. 시간이 흐를수록 쌓여가는 욕망의 속박들과 그에 따르는 역할들은 자유가 아닌 굴종과 비겁, 나태와 독선을 잉태하고, 상실과 좌절을 뱉어내고 있었다. 물론 사십대인 지금도 온전히 자유롭지 않으며, 앞으로도 그러하리라 생각하지만, 조금씩 삶의 영역이 넓어지고 깊어지고 있음을 느낀다. 나는 늙어가기 때문이다. 나이를 먹는 일은 여행처럼 새로운 시선을 통해 삶을 바라보게 하는 것만 같다. 자유는 항상 내 안에서 웅크리고 앉아 나를 기다리고 있었다. 여행은 나를 구속하던 것들을 풀어헤치고 마주해 달려오는 순수한 외적 자극을 온몸과 마음으로 붙잡을 수 있게 한다.

웅크리고 앉아 울고 있는 내 안의 자유가 느껴질 때, 안쓰러운 그 손을 이제는 잡아줄 수 있을 것도 같다.

로스앤젤레스 공항에서 이국의 말들이 나의 귀에서 웅웅거리며 나타났다가 사라지길 반복할 때, 불현듯 김치찌개를 떠올렸다. 두부 가득 넣은 매콤 새콤한 김치찌개가 왜 그 순간 떠오른 걸까. 이국의 음식을 먹으며 우리의 먹거리들이 얼마나 고급스럽고, 품위있

는 것인지를 생각하게 되었다. 오랫동안 삭히고, 정성스레 무치고, 가만하게 우려내어 그릇마다 담아내는 일은 상당한 기다림과 마음을 녹여내야만 하는 일이다. 한국의 밥상에는 그래서 우리가 그렇게나 애타게 찾는 사랑과 헌신의 모습이 담겨있는 것만 같다. 그래서인지 집의 향수를 떠올릴 때면, 나는 가장 먼저 밥 짓는 냄새를 상상하곤 한다. 그건 아마도 추상적 집합체인 집을 구성하는 가장 많은 부분이 엄마나 아내가, 또는 사랑하는 이가 내어주는 밥상이 자리하기 때문일 것이다.

　　걷는 자가 끝내 돌아가야 할 곳은 사랑하고, 사랑받는 집이다.

여행의 끝 무렵에서 발걸음이 향하는 안식처라 여기는 공간에 대해 관조하게 된다. 진정 돌아갈 곳이 어디인지, 휴식이 온당하게 받아들여 질 수 있는 곳인지를 생각하게 된다. 김치찌개와 시골을 떠올리니 나의 발걸음은 귀향을 향해 한량없이 바빠진다. 한편으론 여행에서 돌아오던 발걸음은 언제나 무거웠고, 아쉬운 듯 자꾸만 뒤를 향하려는 마음을 달래야만 했다. 그런 아쉬움 가득한 여행 덕분에 알게 모르게 나의 일상과 집은 조금씩 새로운 세포가 주입되어 변화하고, 다시 만들어지는 듯하다. 나를 사랑해 주는 이의 속 뜰이 진정 집이라 할 수 있을 것이다. 어쩌면 지금 내가 지나오고, 걸어가는 이 길들은 누군가를 위한 집을 준비하고, 또 나의 집을 건축하는 과정이었는지도 모르겠다. 여행에서 돌아온 나를 노란 호박꽃과 호박잎들이 제철을 맞아 풍성하게 반겨준다. 화려하진 않지만 화사하고. 거대하진 않지만, 포근한 이곳에 언젠가 나의 집을 지으리라는 다짐 같은 것도 해본다. 불타오르는 노을을 지나 어느새 박모의 빛마저 사라지고, 사위가 파르스름해져 온다. 김치찌개를 끓이고, 호박잎을 쪄서 일상 안에 여행의 여운을 데려온다.

'여행의 시학은 일상적인 단조로움, 일과 분노로부터 휴식을 취하는 데에 있는 것이 아니라, 모르는 사람들과 함께하고 다른 광경을 관찰하는 데에 있다.'

「헤르만 헤세」

호박잎을 한 잎, 또 한 잎 따며, 쌈장을 고민하다가 불현듯 처마가 있어 메주를 걸어둘 수 있는 시골 책방을 상상해 본다. 조롱박이 열린 듯, 주렁주렁 매달린 메주를 보며, 사랑하는 이들에게 안부를 묻는 편지를 쓰고 있을 내 모습이 글이 되고, 그림이 될 것도 같다. 건너편 할아버지께서 한동안 내가 안 보여 걱정했다며, 다정한 안부를 물어오기에 두 팔을 크게 벌려 화답한다. 호박잎을 따다가 노랗게 잘 익은 참외에도 시선이 닿는다. 시골을 걸으면 변하지 않는 듯 보이는 자연이지만, 나고 지기를 끊임없이 반복하며 각자의 소명을 다하고 있음을 알 수 있다. 자연의 순리를 생각하며, 나는 언제나 그 끝에 놓인 죽음을 떠올리곤 한다. 자연의 일부인 나 또한 기어이 돌아가야 할 곳이니까. 어둠이 있기에 빛은 황홀하고, 일상을 살기에 일탈은 특별해지며, 죽음이 있기에 사는 일이 아름다워지는, 이 역설적인 모순에 감사해진다. 특히나 미국의 거대하고도 신비로운 풍경 앞에서 미미하기만 한 나의 존재와 사명에 대해 사색하다 보니 늙어서 하고 싶은 일들, 죽음이 다가오면 할 수 있는 일들도 통발에 걸린 물고기들처럼 함께 건져 올려지는 것만 같다. 그게 누군가를 구하기 위한 글을 쓰고, 누군가에게 호박잎 한 장 얹은 쌀밥 한술 내어주는 일이라 말한다면, 어떤 이는 크게 웃을지도 모르겠다.

하지만 끝내 가닿을 수 있을까. 나는 그게 두렵기만 하다.

호박잎을 식초 물에 담가서 잠시 우리고, 한 잎, 또 한 잎 펴서 폭 쪄낸다. 하얀 김이 실처럼 피어나는 호박잎처럼 어느 날 창가에 비친 나의 모습에 주름이 잡히고, 희끗한 머리칼이 소복할지더라도 잘 익은 인생이었길 소망해 본다. 냉장고에 널브러져 있던 얼어붙은 돼지고기를 꺼내어 된장을 조금 넣고서 달달 볶고, 신김치를 멸치 육수와 함께 넣어 김치찌개도 끓인다. 물설고 낯선 땅의 이질적인 음식을 먹다가 오랜만에 시골밥상을 차리니 공기는 푸근해지고, 몸은 나른해지며, 마음은 풍성해진다. 여행은 별것 아닌 것들로 보이던 소소한 일상을 진짜 삶으로 읽을 수 있게 하는 시선의 변화를 가져온다.

보송하게 채워지는 작설차 한잔을 쥐고서 오랜만에 평상에 비스듬한 자세로 앉아 게으름을 부려본다. 하얀 달은 하늘에 걸려있고, 회색빛 구름은 높게 서성이며, 풀벌레 소리는 깊어져만 간다. 가을이다. 좋은 이들과 소주 한 병을 두고 대작하고만 싶은 그런 아름다운 밤에 앉아, 하얗게 부서지는 스탠드 전등 아래로 여행의 기억을 데려와 달빛에 걸어본다. 빈약한 문장들 속에 나는 또다시 진심 하나 남몰래 숨겨 둘 것이다. 가끔 나의 뺨을 사정없이 후려치는 이 삶에 나는 무엇을 기대하는 걸까.

일상에 길들여진 것도, 떠돌아다니기만 하는 것도, 그 본질은 모

밥상을 차리다, 당신을 떠올리곤 해

두 두려움이거나, 무책임인 듯하다. 참된 여행의 목적은 일상과 방랑의 사이, 어디 즈음에서 발견할 수 있지 않을까. 여행의 여운은 나를 오랫동안 더 깊은 심연으로 인도할 듯하다. 드넓은 사막에서 싸늘한 모래바람에 저항하며, 중력을 거스르고 처절하게 서 있던 이름 모를 풀꽃들에서 나는 살아가는 법을 배우고 싶다.

　우리의 발길 닿는 곳에, 삶은 다시 피어난다.

헤아릴 수 없이 소중한 당신
《둥근 호박 들깨 칼국수》

'자기 폄하의 늪에서 헤어 나오지 못하던 시절, 일상은 내팽개 치고 싶은 그 무엇이었다. 내가 소중하게 느껴지자, 비로소 나 는 다시 일어나 걸을 수 있었다.'

「나의 노트 중.」

시월의 아름다운 밤이다. 조금은 지겨워지던 여름이 멋쩍어하며 물러나고, 청량한 바람이 불어오니 조금은 서운한 듯, 여름이 아쉬워지는 밤이다. 푸르스름하게 물든 가을밤의 하늘을 바라보며, 한 시절의 생각에 잠겨 한참 동안 시간을 보낸다. 적요 속의 명절이 오히려 내 안에서 많은 말들을 흐르게 한다.

명절이 되면 사랑했던 이와의 흔적들이 더욱 사무치게 심장을 흔들기도 하니까.

하루가 더해져 늘어난 명절 연휴이지만, 건너편 할아버지네에는 사람들의 발자국 소리가 오히려 사라진 것만 같다. 모두 좀 더 멀리 떠나버린 탓일 테다. 먼저 가버린 자의 미련인 듯, 시들어버린 풀 위에 내려앉은 밤이슬이 괜스레 처연해 보이기도 한다. 소란스러운 명절일수록 적막함은 끝 간 데 없이 외로움을 생산하고 재생산하는지도 모르겠다. 산 자들은 누구나 외로움과 살아가니, 결국 외로움도 상대적인 것이다. 악을 쓰듯 옆집 할아버지를 부르는 할아버지의 목소리가 서러움으로 퉁퉁 부은 것만 같다. 홀로 잠기는 일에 익숙한 듯 보이셨지만, 명절만은 견디기가 어려우신 듯하다. 초라해진 듯한 자신을 악다구니로 일으켜 세우려는 모습에서 짙은 연민이

밀려온다. 덩달아 내 마음도 퉁퉁 붓는다. 할아버지가 좋아하시는 양갱을 사 들고 내일은 찾아가 보아야겠다.

할아버지가 널어둔 하얀 이불 홑청이 햇살을 머금은 채, 눈이 시릴 만큼 부서진다.

명절 연휴의 한 조각을 아이들과 보내다가 아이들을 전 아내에게 데려다주고 돌아오는 길은 여전히 익숙하지 않고, 앞으로도 익숙해질 수 없기에 그 순간이 올 때면 나는 엄마 잃은 아이처럼 하염없이 더듬거린다. 만날 때와 헤어질 때, 너무나 반가운 듯 웃지만, 또 너무나 아쉬운 듯, 길게 늘어지는 눈빛의 흔적을 남기곤 한다. 명절이 되면 반복적으로 겪어야 하는 일임을 이제는 잘 알고 있지만, 아직도 아이들의 짧아지는 그림자를 바라보고 있노라면, 누군가가 나의 심장을 얼음송곳으로 날카롭게 찔러 물을 받아내는 것만 같다. 그럴 때면 안쓰러운 나의 모습에 그저 눈을 감는 것 외엔 다른 방법이 없다. 중간고사를 망친 것만 같다며 투덜거리는 첫째에게 더 잘하고 싶어 하는 마음이면 되었다고, 그 보다 아빠의 서재에 있는 책을 몇 권씩 가져가서 읽는 네가 더 대견하다며 다독여 주었다. 얼마나 기특하던지, 내가 우쭐해지기도 했다.

아이는 자신이 헤아릴 수 없을 만큼 소중한 존재인지를 알기나 할까.

　아이들, 그리고 부모님과 시간을 보낸 후, 가을 농사를 준비한다. 묽어진 작물들과 말라버린 잡초들을 걷어내고, 흙을 뒤엎는다. 까만 흙 속에서 항의하는 지렁이들을 보며 생각한다. 아주 아주 특별한 생명들. 지구상에 없어서는 안 될 소중한 삶들. 산 것들의 배설물과 죽은 것들의 육신은 흙에 양분을 주고, 꿈틀거리는 걸음들은 흙 속에 숨길을 만들어 준다. 지렁이는 자신을 낮추어 숨어서 살아가지만, 스스로가 얼마나 귀하고 귀한 존재인지를 모를 것이다. 가만히 보면 지렁이들도 크기며, 색깔이며 모두 다 다르고, 그들 하나하나는 고유한 특별함을 가지고 있다. 생김새는 주름지고 물컹하고 아무것도 아닌 듯 여겨져도, 지렁이가 없는 땅은 작물이 자라나기 어려운 죽은 땅이다. 그래서 지렁이를 마주할 때면, 귀한 손님을 우연히 만난 듯 허둥지둥 흙으로 다시 덮어주곤 한다.

친구가 자신이 쓴 소설의 일부를 보여주고 싶다며 서재에 방문하겠다 통보한다. 혼자 있을 나를 생각하는 마음이 은근히 와닿는다. 요즘은 누군가가 시골에 오겠다고 하면 무엇을 만들어서 먹이고 보내야 할지를 먼저 고민하게 된다. 관통하는 햇살에 반짝거리는 흙먼지 입자를 따라가다 보니 동그란 호박들이 수줍게 숨어있다. 하늘과 땅과 바람이 한걸음에 달려와 키워낸 특별한 호박들을 듬성듬성 썰어 넣고, 들깻가루 가득한 뜨듯한 칼국수나 한 그릇 말아주려 한다. 요즘 소설 쓰는 일에 심취해 있는 친구는 아는 것도, 배운 것도 많다. 그리고 마음이 따뜻한 사람이기도 하다. 그런 친구를 보고 있자니 문득 한 권의 책에 나의 시선이 가닿는다.

'뮈리엘 바르베리의 고슴도치의 우아함. 읽어봤어?'
'아니, 어떤 내용이야?'
'음... 너처럼 특별한 사람들의 이야기.'

'고슴도치의 우아함'은 부유한 사람들이 살아가는 아파트에서 몇 년 동안 수위로 일해 온 쉰네 살의 르네와 르네가 관리하는 아파트의 부유한 가정에서 살아가는 열두 살 된 팔로마의 이야기이다.

르네는 평범한 건물 관리인의 모습으로 살아가지만, 그녀만의 공간
인 관리인의 방에는 문학과 영화, 회화와 현상학 서적에 이르기까
지 지적 산물들로 가득하며, 심지어 그녀는 '톨스토이'를 경외해서
자신의 고양이 이름까지도 '레옹'이라 지었다. 타인으로부터 무시
당하고, 자신을 낮춘 채 살아가지만, 르네는 동백꽃 한 송이에 운명
의 힘을 믿는다. 그것만으로도 그녀는 특별하다.

'중요한 건 죽는 순간 우리가 무엇을 하고 있느냐다. 다가오는
6월 16일, 나는 건설하며 죽고 싶다.'

「뮈리엘 바르베리」'고슴도치의 우아함' 중.

평범하지 않은 바람을 일기에 적어두는 팔로마는 뛰어난 기억력과 사고력을 가진 반항심 넘치는 천재적인 열두 살 소녀이다. 그는 열세 번째 생일날 자신의 신념을 실천하기 위해 아파트를 불태워버리고는 건설하며 죽고 싶다는 어마어마한 계획을 준비한다. 참으로 발칙하지만, 한없이 사랑스럽기만 하다. 그런 팔로마는 르네의 특별함을 알아본다. 르네와 팔로마는 지렁이처럼 세상으로부터 자신들을 숨긴 채, 그들만의 세계를 확장해 가며, 감정과 사고의 바다에서 하얀 거품을 따라 유유히 유영한다. 그들은 소모적인 선입견과 편견들을 생산하는 직업과 나이, 학력과 외모, 처한 외적 조건들이 결코 삶의 진실이 아님을 보여준다. 건물의 다른 주민들은 돌처럼 딱딱하게 굳어버린 자신들의 시선에 사로잡혀 보고 싶은 것만을 보며 그들을 무시하거나, 또는 그들에게 무관심한 속물 부르주아일 뿐이다. 이들과 투명한 벽을 쌓고 살아가는 르네와 팔로마이지만, 그들이 간절히 원한 건, 어쩌면 사람들의 따뜻한 관심과 다정한 목소리인지도 모르겠다.

특별한 호박을 소중한 친구에게 전할 수 있어 맑은 하늘만큼이나 마음이 화사해진다. 호박을 자르는 나에게 르네와 팔로마는 그래서 어떻게 되었냐며, 호기심 가득한 눈빛으로 친구는 두 눈을 깜빡인다. 나를 향한 친구의 또렷한 눈빛에 내가 특별해진 존재가 된 것만 같은 기분이 드는 건 왜일까. 그런 친구가 나에겐 동백꽃처럼 특별하다.

　그러던 어느 날 깨어있는 심장과 진실한 아름다움을 알아볼 수 있는 눈을 가진 오즈가 르네와 팔로마가 살아가는 아파트로 이사 오면서 그들의 운명은 다른 모습으로 이동하기 시작한다. 우주를 움직이는 건 역시나 사랑인 것만 같다. 어슴푸레한 새벽녘 먼 곳에서부터 번져오는 주홍빛 하늘처럼, 자신을 사랑해 주고 발견해 주는 또 다른 우주가 천천히 다가오는 소리는 너무나 황홀한 것일 테니까. 르네는 자신의 특별함을 알아봐 준 오즈로부터 '안나 카레리나'를 선물 받고서 무덤 속 평화를 무너뜨리며, 세상과 삶을, 그리고 자신을 다시 사랑할 수 있게 된다. 이 순간, 더 필요한 건 아무것도 없다. 수많은 책과 예술 작품들의 소용은 흐려진다. 그녀 스스로가 한 편의 시가 되었고, 한 권의 책이 되었으며, 한 곡의 음악이 되었으니까. 특별한 그녀는 특별해진다.
　그래서 그녀는 하염없이 운다.

'나는 운다. 참을 수 없어 뜨겁고 굵은 행복의 눈물을 흘린다. 내 주위의 세계는 함몰되고, 동행인 이 남자의 시선에 대한 내 감각만이 남아있다. 그리고 누군가를 느낀다. 내 손을 친절하게 잡고, 세상에서 가장 따뜻한 열기로 나에게 웃음 짓고 있는 이 남자.'

「뮈리엘 바르베리」'고슴도치의 우아함' 중.

친구가 자신이 쓴 소설의 일부를 멋쩍어하며, 호박을 썰고 있는 나에게 넌지시 보여준다. 가만하게 한 장, 또 한 장 읽다가 나의 눈동자는 조금씩 흔들리고, 나의 손끝은 미세하게 떨려온다.

'… 주인공 삶이 나와 비슷한데?'
'맞아. 내 소설의 모티브가 된 사람.'
'소설 속 캐릭터는 좀 특별한 사람이 좋지 않을까?'
'특별해서 모티브가 된 거야. 넌 특별해.'

르네의 울음은 아마도 심연 깊은 곳에서부터 봇물 터지듯 갑작

밥상을 차리다, 당신을 떠올리곤 해

스레 솟아오른 눈물이었을 것이다. 나 또한 호박을 썰다 나도 모르게 낯설어서 고개를 숙여야 했으니까. 코끝이 뜨거워져 얼굴을 돌려야 했으니까.

> '순간 내 임무를 발견했다는 생각이 들었다. 날 치유하기 위해서는 다른 사람을, 치료 가능한 다른 사람을, 구원될 수 있는 사람을 치료해야 한다는 것을, 다른 사람을 구할 수 없다고 불안에 빠져 있지 말고. 그러면 나는 의사가 되어야 하나? 아니면 작가가? 그건 약간 비슷하다. 안 그런가?'
>
> 「뮈리엘 바르베리」 '고슴도치의 우아함' 중.

　치유되지 못한 아픔들은 그것을 자꾸만 타인에게 전가하려는 습성이 있다. 많은 사람과 상담하다 보면 그들의 상처가 어렴풋이 전해져오곤 한다. 그들의 상처는 어찌해야 좋을까. 나 또한 한 시절의 인연이 낳은 외로움과 상실감을 받아들여야 했지만, 그걸 압도할 만큼의 사랑에 대한 기억이 있기에 나는 다시 자랄 수 있었고, 앞으로도 더디지만 성장하리라 믿는다. 덧없어 보이는 삶을 살면서 조금은 울기도 하고, 조금은 아프기도 하지만, 즐겁고 재미있게 살다 왔다고 신 앞에서 말할 수 있을 것도 같은 건, 누군가에게 나는 특별하고도 소중한 사람이었다는 바람 섞인 예감 하나 때문일 것이다.

　오랫동안 묵혀온 외로움과 상처에서 벗어나 새로운 삶을 시작하려는 르네는 안타깝게도 거지 제젠을 구하려다가 그만 사고로 죽게된다. 삶이 참으로 모질답다는 생각을 하지만, 그럼에도 불구하고 르네와 연결된 이들의 삶에 기적 같은 변화를 가져오기에 삶은 살아볼 만한 거라고, 글은 써볼 만한 거라고 되뇌게 된다.

　'중요한 건 죽는 것이 아니라, 죽는 순간에 뭘 하는가'라고, 죽는 순간에 난 뭘 했지? 내 가슴의 온기 속에 이미 준비된 답을

가지고, 나는 나 자신에게 묻는다. 나는 무엇을 했는가? 나는
다른 사람을 만났고, 사랑할 준비가 되어 있었다.'

「뮈리엘 바르베리」'고슴도치의 우아함' 중.

한참 동안 이 구절에서 시선이 멈춰있어야만 했다. 필연적인 죽
음의 순간을 맞닥뜨렸을 때, 나는 무얼 하고 있을까. 아니, 무엇을
하고 있어야 할까를 생각한다. 르네의 갑작스러운 죽음은 명치를
얻어맞은 듯 숨 막혔지만, 죽음이 데려온 그녀의 숭고함에 밤이 이
울도록 책을 덮을 수가 없었다. 숱한 절망과 대책 없는 슬픔이 이어
지는 삶이라도 자신을 특별하게 여겨주는 이들이 있다면, 삶은 결
코 우리를 무너뜨리지 못할 거라는 진실을 손에 꼭 쥘 수 있었다.
의식의 소멸이 있는 날까지 사랑과 아름다움에 대해 말하기를 멈추
지 않는 그런 건설을 하고 싶다는 다짐을 한다.
　시골의 글 쓰는 책방 할아버지라는 꿈은 그저 헛되게 흩어져버
리지는 않을 듯하다.

　멸치 육수를 끓이고, 느타리버섯과 대파. 그리고 썰어 둔 호박을
담가 준다. 찬물에 헹군 면을 넣고 마무리하며 들깻가루를 넣는다.
냄새가 너무 구수하다고 말해주는 친구에게, 덕분에 마음이 몽글해
졌다며 소설이 기대된다고 들뜬 표정으로 답한다. 르네의 죽음으로
팔로마는 세상을 향한 날카로운 감정들을 뒤로하고, 자살할 생각을

깨끗이 지우고서 삶의 아름다움을 발견하게 된다. 진정한 건설의 방법을 알게 된 것이다. 팔로마는 타인을 연민하고, 사랑할 줄 아는, 낡지 않고 깨어있는 성숙한 어른으로 자랄 것이라는 확신이 내 안에 가득하다.

'걱정하지 마세요. 르네. 난 자살하지 않을 거예요. 난 아무것도 불 지르지 않을 거예요. 당신을 위해 이제부터는 다시는 속에서 늘을 찾을 거니까. 세계의 아름다움은 그것이니까.'

「뮈리엘 바르베리」'고슴도치의 우아함' 중.

호박의 부드러움과 들깨의 구수함이 헛헛한 속을 채워준다. 우리들은 소중한 존재라고 속살거리는 것만 같다. 친구를 배웅하고, 나는 다시 가을 속으로 걸어 들어간다. 물빛이 깊어지는 건너편 호수의 윤슬과 얼마 남지 않은 감나무 잎에 흔들리는 바람의 속삭임, 작은 씨앗을 방울방울 매달고서 겨울을 준비하는 봉선화, 깊은 곳에서 물을 길어 올리느라 분주한 배추 잎사귀들. 가을의 풍경이 나의 남아있는 나날들을 선명하게 닦아내 주는 듯하다. 그들이 나에게 자라라. 자라라. 고 속삭여주는 것만 같다.

세월이 흘러 책방 할아버지는 따듯한 난로 옆에 앉아, 눈이 내리는 논을 지긋이 바라본다. 자신이 걸어온 삶에 대한 회한 없이 옅은 미소를 책장에 가지런히 꽂아둔다. 주홍빛 조명등이 온화하게 그의 얼굴을 밝힌다. 내 삶의 한 평도 되지 않는 자부심 중 한 조각의 사진으로 그렇게 남는다. 비록 착각일지라도 내가 특별하다고 알려주는 소중한 친구. 그런 소중한 친구의 창에도 가을 향기를 실어 보낸다.

들릴까. 자라라. 자라라. 며, 속삭이는 우주의 외침이.
우리가 얼마나 헤아릴 수 없이 소중한 존재인지를, 우리는 너무나 자주 잊고 살아간다.

부지런히 겨울을 입는다
《배추겉절이와 수육》

'스스로를 지키고자 애쓰던 날들을 돌이켜보면, 나만 덩그러니 서 있던 건 아니었다. 나도 모르게 지나친 자그마한 마음들이 그곳에 함께 있었음을, 이젠 잘 안다.'

「나의 노트 중.」

　　　　　계절과 계절의 사이에서 눈을 조금 시릿하게 뜬 채, 겨울의 차가운 답서를 뜯어보는 밤이다. 소란스럽게 창을 두드리던 바람도 별빛들이 수놓은 노래를 가만히 듣는 것만 같다. 어느덧 다시 찾아온 겨울이지만, 그저 얼어붙어만 가던 그 시절을 닮은 모습이 아니기에, 조금은 반갑기도 하다. 삶의 진수는 어쩌면 겨울 안에 깃들어 있는 것인지도 모르겠다. 지나온 시절을 떠올릴 때면 내가 겨울의 나무가 되어간다는 상상을 하곤 한다. 눈 꽃송이가 만

167

발한 순백의 설원에서 홀로 서 있는 나무, 모든 잎을 떨어뜨리고 앙상하게 마른 나뭇가지만 남은 그런 나무. 나무는 그 누구도 귀 기울이지 않는 노래를 부르며 겨울을 지나고, 봄이 찾아오면 희망이라는 흰 꽃도 피우겠다는 다짐 같은 것도 할 것이다. 따뜻했던 어느 계절에 아이들이 놀다가 내려간 나무의 무렵에는 후회가 남아있지 않다. 그저 다시 찾아올 아이들을 위해 인내하며 봄을 기다릴 뿐이다. 겨울의 초입이지만, 겨울이 다시 데려올 봄이 이렇게나 설레는 걸 보니, 어느새 내 삶이 따뜻한 쪽으로 흐르고 있음을 느낀다. 비록 모든 게 아름답다고 말할 수는 없겠지만, 행복하기에 흔들리면서도 웃을 수 있는 그런 희망의 냄새가 봄 향기처럼 맡아진다. 다가오는 겨울을 위해 나도 겨울을 향해 다가갈 준비를 해야겠다. 벌써 목도리를 두른 건너편 할아버지가 큰 소리로 물어온다.

'배추는 언제 뽑으려고? 좀 더 있으면
얼어버리니까 빨리 뽑아라.'

'배추꽃을 보고 싶어요.' 라고 말하려다 그만두고, 그냥 '네'라 대답하며 배추를 바라본다. 떠나간 것들보다 남겨진 것들에게서 희망을 보는 나날들이 이어진다. 희망은 때로는 아득해지기도, 또 때로는 또렷해지기도 하지만, 끈질기게 남아있어야 하는 거니까. 우연히 만난 배추꽃이 희망이라도 되는 듯, 무척이나 반가울 것만 같다.

'시트러스 향의 진줏빛 인연들이,
이불 속에 겨울을 잠재워 주었다.
나를 살피며, 다가오는 당신들이 있어,
창에 맺힌 하얀 서리가 맑아질 수 있었다.
겨울에 서서, 나는 이렇게나 설렌다.
당신들이 있어 내 삶은 따뜻하니까.'

바람과 빛이 나부끼는 호수의 가장자리에는 파도를 닮은 갈대들
이 가을의 끝을 아쉬워한다. 손끝으로 갈대를 만지다, 떨어진 낙엽
을 주워서 돌아온다. 어느 책의 몇 페이지에 자리한 낙엽은 지금 이
순간을 국화차의 향기와 함께 언젠가 소환해 줄 것이다. 싸늘한 음
영이 드리운 들녘에서도 나의 심장에 박힌 많은 이야기가 추억이
되기에 겨울을 넘는 일이 이젠 두렵지가 않다. 지난해 겨울, 날카로
운 바람과 영하의 온도에도 딸기와 마늘은 빛 내린 옅은 대낮을 향
해 손을 뻗고서 서로의 호흡에 기대어, 난폭한 겨울의 권세(權勢)를
견뎌내었다. 서로의 몸을 어루만지는 그들의 손길에 빠알간 온도계
는 영상(零上)을 유지할 수 있었다. 시린 겨울은 그들의 인연 앞에서
조심스레 물러나 주었다. 그들의 봄은 그들이 서로에게 닿으려고
한 흔적들 덕분에 빚어낸 완벽한 경이로움이었다. 나의 의지와는
상관없이 덮쳐오는 분노와 슬픔, 무기력감. 이런 감정들을 정화하
거나, 희망을 다시 쓰고자 어쩌면 이들이 살아가는 시골 서재를 더

욱 힘주어 빤히 바라보았는지도 모르겠다.

마치 내가 그들로부터 조금이라도 물들어 갈 것처럼.

나무의 이파리들이 흙으로 돌아가고, 어쩌다 내리는 빗물이 세상을 침묵시키며, 골목길의 찬바람이 돌아 나오는 계절이면 난롯불 앞에 턱을 괴고 앉아 글을 쓰는 시간이 길어진다. 다가올 봄을 위해 겨울이 다 가기 전에 해야 할 일을 끄적여 본다. 파종할 씨앗들, 부러진 쟁기, 이가 나간 모종삽, 넉넉하게 뿌려줄 거름, 반가운 친구의 전화... 줄 것이 있다며, 시골에 다녀가고 싶다는 친구의 말에 추워서 불편할 거라 답했지만, 한사코 추우니 더 와보아야겠다고 고집을 부린다. 친구가 권해 준 '필경사 바틀비'를 읽으며 사람이 살아가면서 정작 중요한 것들은 무엇인가를 생각한다. 서재를 좀 더 지피고, 노란 양동 주전자에 물을 조금 더 부어 데운다.

구름 안에 함박눈이 가득 채여 토해낼 것만 같은 그런 밤이 다가온다.

'안 하는 편이 낫겠습니다.'

「허먼 멜빌」'필경사 바틀비' 중.

벽들 사이에 서서 벽을 응시하며 자신의 존엄을 지키기 위해 아무것도 하지 않으려 했던 감성적이고 온순한 바틀비에게서 자신을

밥상을 차리다, 당신을 떠올리곤 해

지키려고 안간힘을 쓰는 유령을 보았다. 누군가와 관계를 맺는 일이 두려워지고, 자기 폄하와 자기방어에 급급했지만, 자존심만은 지키고자 했던 그 시절의 나 또한 어쩌면 유령이었을 것이다. 유령이 되어 몇 번의 계절을 지나 몇 번의 낮과, 또 몇 번의 밤을 견디고서야 나의 삶을 조금씩 선명하게 닦아낼 수 있었다. 아이들이 노닐다가 내려간 나무를, 깨끗하게 닦아낸 거울에서 보고 싶어진다.

어린 친구는 언제나 발랄해서 보고 있자면 웃음이 나곤 한다. 동쪽으로 난 창을 통해 들려오는 친구의 엔진 소리에 산비둘기들은 길을 내어주고, 고라니는 건너가던 길에서 잠시 기다린다. 전해줄

게 뭐냐며 묻는 나에게 손에 들린 청잣빛 조끼를 주며 입어보라 말한다. 세상에 단 한 벌뿐인 조끼가 너무나 따듯한 것인지, 조끼를 뜬 그의 마음이 다정한 것인지, 함께 홀짝이는 쵸코라떼가 달콤한 것인지. 알 수는 없다.

다만, 겨울의 좋은 날에 그저 발가락만 꼼지락거릴 뿐이다.

'내가 줄 거는 없고, 배추나 좀 가져가. 아니면 한 포기만 겉절이 해볼까? 가져갈래?'

'김치는 한 번도 안 담가 봤는데, 재밌겠다.'

밥상을 차리다, 당신을 떠올리곤 해

깊은 흙 속에서 물을 길어 올리던 눈 내린 배추를 뽑아 소금물에 절이며, 친구에게 내 마음 같지도 않고, 내 마음대로 되지도 않는 일들에 관해 이야기한다. 우울증으로 죽은 누군가의 이야기, 암 투병으로 휴직한 직원의 이야기, 환청이 들린다는 지인의 이야기, 가정이 있는 사람을 사랑한 자의 이야기... 나의 이야기가 될 수도, 누군가의 이야기일 수도, 또는 그 누구의 이야기도 아닐 이야기들이 소설처럼 나에게 다가오던 지난 시간이 파노라마가 되어 흘러간다. 오랫동안 누군가의 삶을 대하는 업무를 해왔기에, 몸도 마음도 이제는 조금 쉬고 싶다고 괜스레 친구에게 투정을 부린다. 절대적인 그의 지지를 들으며 처음 인사 부서로 오려 결심했던 그해 여름을 생각한다. 얼굴 모를 누군가를 위해 해야만 했고, 하고 싶었던 일이 있었기에 그 시절의 나에겐 어쩌면 약속이자, 다짐이었다. 지켜낸 다짐들이 별것 아니라는 듯 홀대받더라도 나를 살게 한 다짐을 지켜내었기에 이제는 조금 편히 내려두어도 괜찮겠다고 스스로를 위로한다. 친구도 내가 조금 더 평온하길 바란다고 나지막이 말한다. 왠지 그 말을 따라 걷다 보면 쏟아지는 하얀 눈을 함께 바라볼 수 있을 것만 같다. 선망이 되는 부서로 이동하기보다는 조금은 한가한 부서에서 내년에는 책을 좀 더 읽고, 글도 부지런히 써보려 한다. 꽃씨들도 촘촘히 뿌리고, 피어나는 꽃들도 좀 더 자세히 오래오래 들여다보려 한다. 자연이 내어주는 것들을 좀 더 마음 담아 포장하고 요리도 꾸준히 해보려 한다. 산에서 산나물과 약초도 캐어 보고, 멀뚱한 고라니를 조금 놀래키며 놀아도 보려 한다. 자연이 읽어주는 경전을 믿고서 따라가다 보면, 흔들리지 않는 평온을 볼 수 있을 것만 같다. 눈빛을 조금 멀리 두고서 그렇게 고개를 끄덕인다.

'사람이 전례가 없고, 몹시 부당한 방식의 위협을 받으면 그 자신이 지닌 가장 분명한 믿음마저 흔들리기 시작한다는 것, 이것은 별로 드문 일이 아니다.'

「허먼 멜빌」'필경사 바틀비' 중.

사과와 새우젓, 양파와 생강, 그리고 마늘과 홍고추를 믹서기에 넣고 갈다가 바틀비를 떠올린다. 사회적인 제도와 사람 사이의 관계를 거부하며 그저 스스로의 존엄을 찾아 헤매다 쓸쓸하게 죽은 바틀비에게서 희석되지 않는 연민의 중량감에 목을 떨군다. 김장김치와 다르게 소금물에 조금만 절여주고, 양념이 속까지 배어들지 않아도 먹을 수 있는 겉절이가 되는 일조차도 그는 스스로에게 용납하지 못한 듯하다. 자신의 존재를 삶 앞에서 위장하는 일을 단호하게 거부하며 자신을 살아내려 했으나, 지구상의 모든 피조물은 관계 속에서 존재가 규명됨을 그는 몰랐던 것일까. 아니면 외부로부터의 위협에 대한 극한의 방어였을까. 나도 상처받는 것이 두려워 마음의 문을 열지 못한 채, 여전히 느슨한 관계 맺기로 타협하며 살아가는지도 모르겠다.

언제 밥 한번 먹자는 기약 없는 약속을 남발하면서, 다음에라는 말로 스스로를 합리화하면서, 삶을 미루고 또 미루면서.

배추와 무를 썰던 친구가 그런 나를 이윽히 들여다보다 신춘문예에 공모할 시라며 들어봐 달라 부탁한다. 친구의 시는 슬프면서도 따듯했는데, 시는 슬펐으나, 시를 들려주는 친구가 있다는 사실은 참으로 따듯했다. 겪어 보지 못한 귀한 감정을 알려주는 친구에게 항상 고맙기도 하지만, 여전히 미안한 마음이 더 크기만 한 걸 보니, 마음을 받는 일보다 마음을 내어주는 일이 아직은 더 버거운 시간인 듯하다. 친구와 나란히 앉아 눈 내리는 소리를 귀 기울여 가만히 듣는다.

예쁘다. 참으로 예쁘다.

'눈은 푹푹 나리고
아름다운 나타샤는 나를 사랑하고
어데서 흰 당나귀도 오늘 밤이 좋아서
응앙응앙 울을 것이다.'

「백석」'나와 나타샤와 흰 당나귀' 중.

온 세상이 매몰차게 외면해도 바틀비에게 나타샤와 흰 당나귀가
있었다면, 스스로 존엄을 지키려 그토록이나 죽을힘을 다해야만 했

을까. 그의 의지와는 무관하게 존엄되지 않았을까. 친구 덕분에 겉절이를 무치는 내가 특별해지듯 말이다. 떠나가 버린 것들과 무너져 내린 것들의 잔상을 찾아 헤매기보다 그들과 함께했던 약속의 시간을 꺼내어 보려 한다.

그 시간이 있어 나는 존엄되어졌고, 살아올 수 있었으니까.

겉절이에는 수육과 막걸리라는 친구의 주장에 떠밀리듯 동네 가게에서 장을 봐 왔다. 하늘의 별도 푸짐하게 내리고, 호수의 윤슬도 푸짐하게 반짝이고, 밥상도 푸짐하게 차리고, 무엇 하나 푸짐하지 않은 게 없는 푸짐한 밤이다. 아무래도 이번 겨울은 넘어서지 않고 청잿빛 조끼를 입듯 겨울을 입어볼 수 있을 것만 같다. 불완전한 세상에서 살아가는 불완전한 나이기에 수많은 인연의 실타래를 엮으며, 조금의 오해와 왜곡으로 꼬이기도 할 것이고, 또 조금의 이해와 기대로 이어지기도 할 것이다. 운명 앞에 체념의 일상과 단념의 표정을 헌사하고 싶지는 않기에 수도 없이 실타래는 휘청거리고, 꼬일 수도 있을 것이다. 하지만 그만큼을 풀어내려 애쓰는 나를 지켜봐 줄 작은 마음들이 있어서 두렵지는 않다. 몇 날 며칠을 친구가 준 조끼를 입고서 거리를 걷게 될 것만 같다.

수시로 삶에 찾아드는 냉혹한 추위에 버튼을 눌러 서로의 온기를 켜고서 견뎌내는 사람의 월동(越冬)을 '정(情)'이라 불러야 할 듯

밥상을 차리다, 당신을 떠올리곤 해

하다. 속수무책으로 달려오는 인연과 운명들이야 어찌할 수는 없겠지마는, 버티라며 주는 조끼 하나에 서슴없이 걸어갈 수도 있을 것이다. 비록 미소하고, 찰나일지라도 그것조차 없는 인연보다는 포악한 삶을 견뎌내기에 훨씬 나으리라 낡은 노트에 또박또박 눌러 적는다. 냉혹하다고 그 자리에 서서 눈을 감기보다는, 마음을 입혀 줄 수 있는 겨울이라며 아직 오지도 않은 봄을 나는 설레겠다. 그러다 보면 봄을 기다리는 겨울의 나무에는 어느새 꽃을 피워낼 편지들이 하나, 둘 도착할 테니까. 따뜻한 쌀밥, 줄무늬 양말, 수줍은 인사. 이런 따뜻한 말들이 아마도 나무에는 여기저기 걸려있을 것이다. 황량한 시절이지만, 다시 돌아올 따뜻한 시절을 위해 준비하며 기다린다. 모든 낮과 모든 밤이 나의 삶이 되고, 오늘의 한 걸음으로 완연한 봄볕 아래 서 있을 나를 상상한다. 떠나가는 친구의 등을 한참 동안 바라보며, 기도하듯 중얼거린다.

봄이 아름다울 수 있는 건, 결국 겨울 덕분이라고.

괜찮으니, 살아가요
《쌀 떡국》

'내 안에는 나조차도 모르는 내가 살고 있다. 포기하고 싶은 나와 굳건하게 나아가는 나. 그 사이에서 갈팡질팡하는 나를 일깨워 주는 사람들이 있어 주저앉지 못한다.'

「나의 노트 중.」

서재에는 간밤에 함박눈이 내렸다. 건너편 호수가 얼고, 제법 굵은 눈송이들이 그 위를 장식한다. 오랜 문학기행을 떠난 친구를 떠올린다. 지금쯤 소금 옷을 입은 삿포로를 거닐고 있을까. 우듬지에 매달려 바람에 날아가지 않으려는 눈송이를 보며 무슨 생각을 할까. 상처받은 마음과 불안의 기습에 조금 쉬고 싶다며 여행을 결심했던 그 날의 바람을 친구가 부디 찾아서 돌아오길 바라본다. 친구가 없는 하늘이 조금 허전하기는 하지만 내게 주어진 일상을 담담하게 마주한다. 친구가 돌아올 때면 나의 책을 한 손에 들고서 그의 동그란 미소를 만나러 갈 수도 있을 테니까.

나는 올 한 해 많은 일을 지나왔다. 삶의 결이 이렇게나 달라질 수 있다는 사실에 아무래도 무겁기만 한 운명이라는 수레를 굴리는 주체는 인간이라는 사실을 다시 한번 깨닫게 된다. 한 해가 저물어간다. 다시 또 한해를 맞이한다. 새해가 되면 많은 이들이 수많은 소망을 떠올리지만, 사실 난 단 하나의 희망을 생각한다. 떠오르는 태양을 향해 눈을 조금 가늘게 뜨고, 턱은 조금 더 들어 올리고 죽음의 선고 앞에서도 당당할 수 있기를 바라곤 한다. 일터의 업무적인 특성 때문에 갑작스러운 죽음들과 스스로가 택한 죽음들을 나는 종종 응시하게 된다. 그래서인지 건강하게 살게 해달라는 소원보다는 언제가 될지라도 죽음의 무렵에는 내가 무언가를 건설하고 있기를 바라는 기도를 한다. 간혹 그 기도에 대한 답서가 우편함에 꽂혀있어 반갑게 달려가곤 한다. 얼마 전 출판사의 편집자님으로부터 연락을 받았다. 강연자 풀에 나를 등록 신청해도 되겠냐는 질문이었다. 나는 말주변도 없고, 무지하기에 나 같은 사람이 어떻게 강연을 하느냐며 되물었다. 그런 나에게 그는 짧고도 무덤덤하게 답했다.

'계속 글 쓰실 거잖아요. 작가... 하고 싶으시잖아요.'

순간 뇌리에서 떠나지 않는 문장이 부풀어 올라 나는 숨을 쉴 수
가 없었다. 누군가가 나에게 살아라. 살아라. 지금도 괜찮으니 살아
라. 고 말해 주는 것만 같았으니까. 만져지는 압도적인 응원과 느껴
지는 절대적인 믿음이 잘 혼합된 문장이 나의 텅 빈 혈관과 뼛속으
로 흘러들고 있었으니까. 전화를 끊고는 잠시 앉아 있다가 결국 눈
주름을 따라 한 방울을 떨구고야 말았다. 늙은 플라타너스의 우듬
지 끝에 꼭 매달린 눈꽃들이 나에게 속삭이는 것만 같았다.

'살아라. 살아. 괜찮으니 살아.'

새해가 되면 나는 어떤 경건한 의식이라도 진행하듯 바다를 보
기 위해 가방을 꾸린다. 가방 안에 속옷과 양말, 칫솔을 넣으며 검
은빛 겨울바람을 따라 하얀 포말을 일으키는 바다를 닮은 추억을
떠올린다. 올해는 서쪽 하늘에서 떠오르는 태양이 보고 싶었기에,
비록 깊이와 폭에 있어 동해에 비해 약간의 결핍이 느껴지긴 하지
만, 서해 바다를 보겠다 결심했다. 우리는 대부분 결핍을 안고서 살
아가지만, 태양은 그런 우리를 언제나 말없이 찬란하게 비추니까.
하얗게 솟은 소금산을 지나 눈꽃이 만발한 들녘을 달렸다. 번잡한
경적과 날카로운 라이트의 소란 속에서도 눈 덮인 나목(裸木)들은
땅속 깊은 곳에서 체온을 길어 올리느라 분주해 보였고, 태양은 사
선으로 기울고 있었지만, 다시 떠올라 하늘과 땅에 온기를 전하겠

다 다짐하는 것만 같았다.

문득 이 년 전 여름에 심었던 적목련을 생각한다. 햇살에 반사되는 녹색빛을 따라 하루가 다르게 하늘로 손을 뻗던 적목련은 가을의 초입에서 마른 잎을 떨구며 죽어가고 있었다. 줄기를 잘라보니 갈색빛으로 메말라 온기와 습기의 흔적은 온데간데없었다.

'기어이 죽었구나. 죽었어.'

잘못도 없는 회청빛 하늘을 보며 한탄만 하다가, 볕뉘 한 줌만큼

일지라도 가능성이 있다면 살려내야겠다고 결심을 하고서 날짜를
세어가며 뿌리 강화제를 주었다. 그리고 의식과는 무관하게 마음으
로 읊조렸다.

'살아라. 살아. 제발 살아.'

적목련은 아마도 뿌리를 뻗어 내가 보내준 응원의 혈액을 야무지
게 빨아 먹은 듯했다. 이듬해 봄에 결국 여린 잎이 아래에서부터 솟
아올랐으니까. 온 힘을 다해 생존해서 그런지 그해 봄에 결국 꽃은
피워내지 못했지만, 살아가다 보면 끝내 찬연한 꽃망울을 피울 것

이다. 그저 쪼그리고 앉아 간구하는 마음으로 한참을 바라보았다.

너의 꽃을 보고 싶다고.

어느새 찬란한 박명의 빛을 따라 해변은 검은빛 곡선을 드러내며 다가오는 경계를 맞이할 준비를 하고 있었다. 경계를 넘어오는 것들에 대해서 더 이상 두렵지가 않은 건, 죽는 순간에도 밤하늘에 수 놓인 별빛 같은 꿈을 향해 호기심 가득한 눈길로 바라보고 있을 나를 상상하기 때문이다. 그래서 여전히 삶이 다할 때까지 악착같이 살아보고 싶다.

'죽음 대신 빛이 있었다.'

「레프 톨스토이」'이반 일리치의 죽음' 중.

톨스토이는 자신이 쓴 '이반 일리치의 죽음'에 대해 지극히 단순하고 평범하면서도 극도로 끔찍한 것이라고 말했다고 한다. 죽음이 중요한 것은 아닐 것이다. 무엇으로 자신의 삶을 짓고, 채웠는지가 죽음 속에서도 빛을 데려올 테니까.

실눈을 뜨고서 반짝거리는 설경을 사랑하는 이들과 함께 보고 싶은 그런 날이다.

서쪽 바다의 잔향에 달빛은 머물러 있다. 달빛은 언제나 그러하듯 수평선 위를 떠다녔고, 정박한 어선들은 동살의 울음을 기다린다. 새해를 기다리는 많은 이들의 발걸음에 어촌의 시장은 늦은 시간까지도 생기를 잃지 않고 있다. 오늘을 살아내고자 자리했던 상점의 불빛들은 내일도 번져오는 박명의 빛과 함께 어김없이 자리할 것이고, 삶은 그렇게 이어질 것이다.

오래전 안타까운 일이 있었다. 아내를 사고로 잃고 어린아이를 키우는 아비였던 이가 스스로 죽음을 택했었다. 시뻘겋게 부릅뜬 불안과 두려움은 희끄무레한 우울을 잉태하고, 칼날 같은 비관이라는 내리막길을 지나, 무기력이라는 늪으로 빠져들게 한다. 무기력감이 무의식적으로 어떤 선택을 하게 하는지 알게 되었다. 스스로가 아무것도 할 수 없고, 조금도 나아지리라는 작은 기대조차도 품어보지 못할 때 자신의 존재를 하찮게 여기게 되고, 결국 저울의 추를 기울여 버린다. 나를 포함한 그이를 둘러싼 많은 사람이 지금도 괜찮으니 살아라. 고 말해주었다면 어땠을까. 하늘에 하소연이라도 하듯 한동안 어땠을까를 중얼거리며 걸어야만 했다.

나 또한 무기력감에 단 한 방울의 눈물조차 흘려보낼 수 없었던 시절이 있었다. 그걸 견뎌내고 벗어나기 위해 여행을 결심했다는 나의 말에 '잘했어. 참으로 잘했어.' 를 진지한 눈빛으로 말해주던 친구가 떠오른다. 미소한 발걸음이라 하더라도 보행하는 일은 허벅

밥상을 차리다, 당신을 떠올리곤 해

지의 근육을 박동하게 하고, 멈춰있는 심장을 붉게 물들이며, 주름
진 뇌 안에서 웅크린 자아를 깨어나게 해준다고 나의 직립보행을
열렬하게 응원해 주던 친구. 이젠 그 친구를 내가 열렬히 응원하기
위해 늦은 봄에 나의 책을 들고서 만나러 가려 한다.

봄에, 따듯한 봄에 우리 다시 만나자, 전한다.

어촌 특유의 억셈과 다정한 말들이 밀물이 되어 사나운 겨울의
한기를 밀어내고, 달큰하고도 하얀 입김들로 그 자리를 채운다. 바
다의 짠 냄새를 벗 삼아 수산시장을 향해 걷는다. 주홍빛으로 불타
는 화목 주위에 상인으로 보이는 분들이 모여있다. 뭔가에 홀린 듯

한참 동안 넋을 놓고 바라보고 있으니, 거기 계시던 한 분이 나를 향해 크게 손짓한다.

'이리 와요. 이리와. 여기 와서 불 쬐어요.'

둥그스름한 코에 걸려있는 동그란 뿔테 안경, 이마와 귀를 덮은 꾹 눌러쓴 검은색 털모자, 그리고 한기로 인한 홍조로 상기된 얼굴의 아저씨에게 이끌리듯 다가가 무릎을 조금 구부리고, 두 손을 아래로 펴 화목 앞에서 몸을 데운다. 희망이라도 되는 듯 화목 앞에 바짝 붙어 아저씨들의 거친 손 등을 내려다본다. 별것 아닌 듯한, 얼마 안 되는 듯한 그들의 주름진 선의가 차가운 겨울밤의 위세를 부러뜨리는 것만 같다.

겨울은 아무래도 사람의 손이 제철인 듯했다.

사위가 다시 분홍빛으로 밝혀지고, 태양은 다시 세상을 움직인다. 속절없이 흘러가 버리고, 사라지는 날들이 안타까워, 서러운 어떤 것들을 펜 끝에 걸어두다 보니 어느새 여기까지 걸어오고야 말았다. 나이가 들어간다는 생각을 하기 보다는, 단 하나뿐인 생을 이어가며, 다시 돌아올 봄날의 만개한 벚꽃을 이제는 떠올리게 된다. 사랑했던 이와 함께 입을 크게 벌리고 낙하하는 벚꽃을 받아먹던 그해 봄을 생각한다.

그리고 누구에게나 그건 희망이었다고 적겠다.

새해이니 떡국을 먹어야 하는 데 겨울의 시골에는 깨어있는 것
들이 없어서 재료가 포장된 떡국을 살 수밖에는 없었다. 떡국을
먹으면 한 살을 더 먹는다는 어른들의 옛이야기가 떠오른다. 이제
는 한 살을 더 먹고 싶어 떡국을 끓이지는 않는다. 죽지 않고 살아
있으며 앞으로도 이어갈 것이라는 명징한 다짐인 것만 같아 여전
히 떡국을 챙겨 먹게 된다. 떡국을 먹으며 늙어가는 나를, 그렇게
시선이 온화하게 변해가는 나를, 지금의 나를, 난 좀 더 사랑할 수
있겠다.

집으로 돌아오며 나에게 '살아라. 살아. 지금도 괜찮으니 살아라.' 고 말해주던 수많은 이들을 떠올린다. 글쟁이인 나는 앞으로도 뒤덮인 하얀 눈을 걷어내고 새싹을 찾듯, 서럽거나 슬프거나 아름다운 어떤 수많은 이야기를 들여다보고, 애써 목구멍으로 삼키며 살아갈 것이다. 그럼에도 괜찮다. 나에겐 가난한 문장들이 있고, 나를 응원해 주는 제철을 맞은 손길들이 여기저기 널려 있으니까. 집으로 돌아와 끓인 떡국을 입에 넣으니, 그건 삶이었다. 인생의 어디즈음에 있을 나는 이제는 길을 잃고, 헤매진 않을 듯하다. 매년 떠오르는 새해가 사실 특별히 찬란한 것은 아닐 것이다. 매일 떠올라 정수리 위로 안온하게 번져가는 태양이 우리의 어깨에 손을 얹고 찬란하게 속삭이는 것이다.

살아라. 살아라. 고 말이다.

14

별은 부단히도 밤하늘을 밝힌다
《소고기 우거짓국》

'사나운 바람처럼 삶이 나를 막아서는 것만 같을 때가 있다. 하지만 그건 조금 더 잘살아 보려고, 조금 더 나아가 보려고 그렇게나 버거운 것이다. 바람을 등지고 되돌아 가는 일은 너무나 쉬운 일이니까.'

「나의 노트 중.」

　　　　　　 북서쪽에서 불어오는 얼음 같은 바람이 뺨을 날카롭게 스치다, 귓속에 파고들어 둔탁한 울림을 만드는 오늘 같은 날이면 난롯불을 좀 더 지피고, 두 다리를 한 팔로 감싸안고서 책장을 고요히 넘긴다. 종이가 사각거리며 한 장씩 넘겨질 때면, 하루를 잘 보내준 것만 같아 심장이 평화롭게 숨을 쉬곤 한다. 주먹을 가볍게 쥐어 입술에 대고서 양은 주전자의 뾰로통한 입에서 일어서는 하얀 김을 가만히 응시한다. 흐릿하게 나타났다 사라지는 일상의 기척들 속에서 심장에 품은 나의 꿈이 별빛처럼 반짝이며 선명하게 나타난다.

밤하늘의 별은 수도 없이 사라지지만, 소멸하는 에너지로 또 다른 별을 잉태하면서 우주는 팽창한다고 한다. 흰빛을 머금고 파르스름하게 불타오르는 별은 부단히도 애쓰며 비록 미소한 명도이더라도 까만 하늘을 끈질기게 밝힌다. 눈물을 흘리며 까만 밤을 지나고 있을 사람들에게 별은 말해주는 것 같다. 어쩌면 나 스스로에게 말하는 것일지도 모를 말이 쏟아져 내린다.

'아직도 저 딱딱한 흙을 뚫고서
끝끝내 여린 것들만이 치솟아 오르리라는 것을 믿지 못하는가.
지독스러운 까만 밤을 지나
박명의 빛이 번지리라는 것을 아직도 믿지 못하는가.
잿빛 하늘 아래 놓인 저 검푸른 호수에
하얀 새 한 마리가 다시 찾아올 것임을 아직도 믿지 못하는가.
믿을 수 없는 기적들이 우리의 분홍빛 뺨을 다정하게
어루만지고 있음을.
여전히 당신은 믿지 못하는가.'

밥상을 차리다, 당신을 떠올리곤 해

　파르스름한 심지에 작은 불을 밝힌 가느다란 초에 오돌도돌 굳어버린 하얀 촛농을 보며 생각에 잠긴다. 언제부터였는지, 사실 기억이 잘 나지는 않는다. '데미안'이었던가. '싯타르타'였던가. 아니면 '어린 왕자'였던가. 턱을 괴고 굳은 촛농을 보며 미약한 꿈을 꾸기 시작했었던 나의 심지를 곰곰이 생각한다. 나는 분명 바쁘게 살아오고 있었지만, 알고 보면 그저 나의 삶을 놓아두고 살았는지도 모르겠다. 몇 년 전, 모든 걸 잃어버린 사람처럼, 까만 방구석에서 홀로 쪼그리고 앉아 희미한 스탠드 전등 빛으로 하얀 동그라미를 만들며 창밖을 무심하게 건너다보곤 했다. 어느 날부터인가. 까만 벽면과 하얀 천장은 가뭇없이 사라지고 하늘을 수놓고 있는 무수한 별빛과 그걸 바라보는 나만이 남아있었다. 문득 손을 뻗어 별빛을 만지고 싶었는데, 터질 듯한 간절함으로 폭발하는 별을 부둥켜안고만 싶었는데. 그래서 별을 쫓아가려 널려 있는 소주병들을 치워버리고 까만 펜과 빛바랜 낡은 노트를 서랍에서 꺼내 문장의 조판을 만들어 보기 시작했다. 촛불 안에서 집요하게 달구고, 처절하게 두드리고 시뻘겋게 타들어 가는 언어를 다시 얼음물에 담그기를 반복하다 보니 어느새 별빛을 닮은 단단한 꿈이 태어났다. 꿈은 인간만이 가진 재능이라는 말처럼, 꿈을 그릴 수 없을 것만 같던 나이였지만, 살아있기에 나만의 꿈을 만년필을 붙잡고 지어먹기 시작했다. 하얗고, 윤기가 흐르고, 순백의 김이 부드럽게 번져나가는 꿈을, 한술 또 한술 떠서 비어 버린 혈관과 구멍 난 뼛조각들 사이로 흘려보내다 보니 어느새 나는 많든, 적든 앞으로 나아가고 있었다. 두텁고 딱딱한 나무껍질의 촉감처럼 선명하게 남아있는 감각들. 길고, 깊고, 축축하고, 쿰쿰한 검은 터널에서 빠져나와 차창으로 쏟아지는 하오의 햇살을 향해 눈꺼풀을 가늘게 벌렸다. 쭉 펼친 다섯 손가락 사이로 보이던, 눈이 부신 파란 하늘은 차마 잊을 수가 없다.

그날, 나는 날 선 바람에 저항하며, 다시 전진하기 시작했으니까.

어느새 문예창작학과의 한 학기 수업이 지나고 새 학기 수업을 신청하는 기간이다. 이십여 년 만에 써보는 리포트와 긴장하며 치른 시험들이었지만, 캠퍼스도 잠시 거닐어보고, 장학금도 받게 된

시간이 하얀 눈처럼 쌓였다. 처절하게 사라져야만 했던 청춘이 하얀 눈송이처럼 다시 찾아와 끈적한 손바닥 위로 내려앉는 것만 같다. 무엇도 두렵지 않던 어느 젊은 시절의 나는 조금 내리는 하얀 눈송이에도 입을 벌려 혀 위에 올려두고서 눈동자가 사라질 만큼 가늘게 뜬 눈으로 웃을 수 있었다. 어쩌면 청춘이 아름다운 건, 떠오르듯 떨어지는 흰 눈에서 꿈이 내리고 희망이 소복이 쌓이고 있음을 발견하는 맑은 눈동자 때문인지도 모르겠다.

　손바닥 위에 내려앉은 차가운 결정체를 불그스름한 손으로 꼭 움켜쥔다.

친구에게서 오랜만에 연락이 왔다. 이번 학기에는 어떤 수업을 수강할 것인지를 논의해 보자며 들떠있는 친구였지만, 만나고 싶다는 그의 마음이 느껴져 앞니를 살짝 보이며, 입술 끝이 조금 올라간 대답을 했다. 친구가 방문하겠다는 선언에 얼어버릴까 잠가 두었던 수도꼭지를 왼편으로 조심스레 돌리고 얼음처럼 차갑지만, 유리처럼 투명한 물을 흘려본다. 이토록 맑은 빛에 무엇을 씻기고 우려서 다시 태어나게 할까. 고민하다가 시들해진 배춧잎을 따서 말리고 냉장고에 얼려두었던 우거지가 떠오른다. 김치로 다 담그지 못해 아무렇게나 누워있던 배춧잎들. 어디에다 사용할지, 맛이 있는지도 확신할 수 없던 흰 빛과 연둣빛 사이에서 헤매는, 이러지도 저러지도 못하는 우거지에게서 설핏 그 시절의 내가 겹쳐진다.

종이 한 장을 두고서 나와 우거지는 아무 말 없이 등을 맞대고 앉아 있다.

촛불 주변을 너울거리는 그림자처럼 내가 무엇을 하는 사람이었는지, 어디를 향해야 하는지도 불분명하게 일렁였다. 너덜너덜해진 하잘것없는 우거지처럼 하염없이 맴돌기만 하던 그 시절을 떠올리며 나를 위해, 그리고 친구를 위해 우거짓국과 하얀 쌀밥을 지어보려 한다.

문장이 단정하고 맑은 시를 주로 쓰는 친구는 이번 학기에 시학과 소설 수업을 수강하자며 머리칼 몇 가닥을 검지손가락으로 꼬다가 주먹을 꾹 쥔다. 친구의 커다란 검은자위에는 진지함과 유쾌함, 부드러움과 단단함, 평온함과 열정이라는 단어들이 윤슬처럼 반짝인다. 친구도, 나도 하얗고 노란 꿈을 향해 느리지만 길을 잃지 않고 걸어가는 듯해서 문득 글 동지들과 책 동무들과 함께 이렇게 늙어갈 수만 있다면 젊음이 그리 사무치도록 그립지만은 않을 것 같다.

'나는 지금처럼 늙고 싶다.

고요하고 평온하고, 비록 꿈이라 부르지만, 어쩌면 희망이라 여겨지는 하얀 별빛을 향해 차분하게 걸어가다가, 어느 날 죽어가고 있음을 나의 혈관들과 근육들이 느낄 수 있게.

스쳤던 손끝의 감각을 나누었던 소중한 존재들과 조금씩 잘려나갔지만, 동그랗게 마모된 예쁜 조약돌을 닮은 추억들을 살피며, 내가 무엇을 하는 사람이었는지를 알 수 있게.

조금은 굽은 어깨로, 흐릿해진 눈동자는 조금은 멀리 두고서.

아주 침착하게.

그렇게 죽어가고 싶다.

그러면 삶과 죽음이 결코 다르지 않을 것만 같다.'

나의 문장이 수필보다는 소설에 잘 어울린다는 친구의 말에 된장과 고춧가루를 넣은 우거지를 버무리다가 멋쩍게 웃긴 했지만, 책방지기이자 작가가 되고 싶은 나의 꿈을 친구의 언어가 풍로 바람이 되어 데워주고 있음을 느낀다. 별것 아닌 긍정의 말들은 특별하게도 사람의 근육에 힘이 들어가게 한다. 친구를 따라 나도 시학과 소설 수업을 주로 수강하기로 결정한다. 그리고 조금 두렵지만 소설을 쓰기 시작했다. 그러다 조금 놀라기도 한다. 몇 년 전의 나와 지금의 나는 여름과 겨울만큼이나 달랐으니까. 마주해 달려오는 현실에 그저 안주하며, 소란스러운 마음을 떠들썩하게 즐기는 것으로 되메우는 일이 살아가는 것이라 여겼던 내가, 지금은 일터의 일을 마치고 돌아와 수많은 언어가 흘러 다니는 침묵 안에서 책을 읽고 글을 쓰며 나무를 가꾸는 자발적 고립에서 평온을 찾는다. 사랑에 빠지면 그 대상만이 보인다고 누군가 말했던가. 나는 지금 밤하늘의 별과 사랑을 나누고 있는지도 모르겠다. 달빛과 별빛에 이끌리듯 끈질기게 따라가다 보면, 언젠가 평안에 다다를 수 있을 것도 같다.

참기름과 다진 마늘, 그리고 고춧가루를 넣어 양지머리를 볶다가 문득 서머싯 몸의 '달과 6펜스'가 떠오른다. 소설 속 달이 가닿을 수도 없을 듯한 이상과 감정의 영역이라면, 영국의 가장 낮은 화폐 단위인 6펜스는 언제나 만져지는 현실과 이성의 영역이다. 소설 속 주인공인 '스트릭랜드'에게 달은 영혼의 안식처이자, 미치도록 갖고 싶은 희망이었다. 달의 뒷모습을 궁금해하며 뛰어가고, 하얀 별빛의 근원을 찾기 위해 쫓아갈 수 있는 의지는 젊음에 의존하는 것이 아닌, 스스로에 대한 한 치의 의심도 없는 믿음에서 잉태되는 것이 아닐까.

　　'나는 그림을 그려야 한다지 않소. 그리지 않고서는 못 배기겠단 말이요. 물에 빠진 사람에게 헤엄을 잘 치고 못 치고가 문제겠소? 우선 헤어 나오는 게 중요하지. 그렇지 않으면 빠져 죽어요.'

「서머싯 몸」'달과 6펜스' 중.

　　고개를 수그리고 볶은 양지머리에 버무린 우거지를 넣고 조금더 볶다가 잠시 주먹을 쥐어 늑골 사이의 움푹 팬 곳을 쓸어내린다. 내 안에 누군가가 살아가는 것인지 명치를 자꾸 두드리고 만지는 것만 같다. 특히 볼품없는 소설이지만, 소설을 쓸 때면 통증이 아랫배까지 번져, 통각이 무수하게 생겨나곤 한다. 그런 나를 빤히 바라보던 친구의 마른 입술이 진지해질 때면 높임말을 쓰는 습관으로, '좋아하는 글 오랫동안 쓰고 싶으면, 커피를 줄여요. 술을 줄여요.'라며 나를 질책한다. 친구와 나 사이에 놓인 세월의 간극 때문인지 나는 보일 듯, 말 듯 웃으며, 그저 주억거린다.

　　'생각을 정지시킬 수도 없고, 펜을 던질 수도 없다.
　　그냥 담담하게 한 문장 또 한 문장을 그을 뿐이다. 시간이 멎은 듯, 공간이 멈춘 듯.

그러고 나면 명치가 저릿해지는데,

그 통증이 꼭 내가 살아가고 있음을 알려주는 것만 같아서 차마 놓을 수가 없다.

체념만이 통증을 사라지게 할 것이기에

애쓰고 있는 한, 아픈 건 어쩌면 당연한 일일 것이다.

이를 악다물고 살아가기에 아플 수 있다.

부디 함께 견디며 살아갈 수 있기를.'

볶아둔 양지머리와 우거지에 멸치 육수를 조금 넣고 끓이고, 다시 좀 더 부어 끓이고, 가득 부어 끓인다. 진한 양지머리와 우거지의 향이 서재의 천장과 바닥으로 스며든다. 대파와 콩나물, 청양고추를 마지막으로 넣어 조금 더 끓인다. 널브러지고 찢겨 초라하기만 한 우거지는 밤하늘을 부단히도 밝히는 별빛을 바라보며 꿈을 품었을 것이다. 언젠가 사람의 빈 속을 채우며, 날카로운 얼음 단면 같은 한기를 쫓아내겠다 결심했을 것이다. 결국 우거지는 볼품없어 보이는 꿈이지만, 삶에 의미를 다 한다.

깨끗한 별이 부단히도 밤하늘을 밝히는 건, 당신을 비추기 위함임을,

당신은 아직도 믿지 못하는가.

밥상을 차리다, 당신을 떠올리곤 해

14_별은 부단히도 밤하늘을 밝힌다 《소고기 우거짓국》

15

새벽은 아직 오지 않았다
《소고기 미역국》

'사는 일은 여전히 낯설다. 그래서 여전히 설렌다.'

「나의 노트 중.」

아직 세상은 고요하고, 사위는 칠흑같이 어둡다. 박명의 빛을 데려올 새벽은 아직 오지 않았다. 그렇지만 눈두덩을 살며시 손바닥으로 두 번 누르고 다 뜨지 못한 가는 눈으로 정갈한 책상 앞에 앉는다. 동녘 하늘이 밝아오기 전에 나는 잠에서 깨어 마른기침을 조금 뱉어내고, 동그랗게 모로 누운 육신을 일으켜 크게 심호흡한다.

천천히, 묵직하게, 그리고 담담하게.

엎드려 숨죽이던 시간들. 그 시간들을 이제는 충분히 지나왔다

고 적는다. 아직 여물지 못한 새벽녘 어스름을 응시한다. 푸르스름한 빛과 함께 어느새 사위는 밝아지고 붉은빛의 하늘은 마른 한지에 습이 번지듯 단호하게 세상을 일으켜 세운다. 지금 어디에선가 따뜻한 우유 한잔과 함께 두 무릎을 세우고, 무릎 사이에 얼굴을 기대어 내가 바라보는 빛을 똑같이 바라보고 있을 이들을 생각한다. 결심한 사람처럼 천천히 일어선다. 맑은 물에 쌀을 두 홉 씻어 안친다. 새벽과 한밤의 사이에서 시작이라는 단어를 노트에 적으며, 새로운 출발을 다짐하고 있을 누군가를 떠올린다.

'거긴 좀 어떤가요.

새로운 곳의 물과 식사는 잘 맞나요.

불면의 밤은 사그라들었나요.

그곳에도 부드러운 봄의 입술은 느껴지나요.

흰 눈을 걷어내고 갓 태어난 여린 연둣빛은 보았나요.

그곳에서 무엇이 새겨진 책을 더듬고 있나요.

삶을 다시 시작할 준비는 되었나요.

당신의 시작을 언제까지나 응원할 나의 목소리가,

그곳에서도 들리나요.'

며칠 전, 어느 기관에서 전화 한 통을 받았다. 시험에 합격하고서 임용을 기다리는 직원들에게 대화 형식의 강의를 진행해 줄 수 있겠느냐는 의뢰였다. 시작하는 이들을 위해 수화기 저편에서 직장과 꿈을 주제로 나에게 강의를 요청하고 있었다. 처음에는 내가 무슨 강의를 하냐. 라는 생각에 두 눈을 깜박이다가 절레절레 고개를 내저었지만, 담당자의 설득에 이내 빗장을 풀고서 알겠습니다. 라고 답변을 했다. 봄빛 가득 내린 삼월 말에 예정된 신규 직원들에 대한 강의를 아직 오지 않은 봄을 설레며 준비하기 시작했다.

안녕하세요. 라 할까, 반갑습니다. 라 할까, 아니면 축하합니다. 는 어떨까. 어떤 인사로 시작해서 무슨 말들을 들려주고 어디 즈음에서 그들의 마음을 떠오르게 할까를 생각했다. 수많은 언어 중에서 나를 일으켜 흙을 딛게 한 것들, 나의 안에서부터 시뻘겋게 타오

르는 것들, 사나운 삶 앞에 세워진 나를 변호해 줄 명징한 징표들. 문장들을 썼다가 지우기를 반복하면서 내가 걸어온 길의 시작을 이리저리 살펴보았다. 한 획의 시작에는 그리움, 간절함, 설렘, 흥분, 두려움, 그리고 사랑. 이런 단어들이, 내려앉은 나뭇잎처럼 무수하게 널려 있었다.

나뭇잎을 집어 들면, 그래서인지 오랫동안 침묵하게 된다.

빗방울 열차를 탄 입춘은 지나갔지만, 밤바람은 여전히 소슬하고, 나무의 딱딱한 표면은 여전히 냉랭하다. 창문을 조심스레 두드리는 봄을 환영하기 위해 백열등을 켜고, 삽과 거름 포대를 들고서 밤공기를 깊숙이 들이마시고 내뱉는다. 거름 포대에 삽을 쑤셔 넣었다 들어 올려, 입김이 희뿌옇게 번져가는 허공을 향해 흩뿌린다. 공기 중에 부유하는 거름과 흙, 나무들의 잔향을 크게 마시면 내 안에 순하고 무해한 풀죽들이 실핏줄 끝까지 흐르는 것만 같다. 푸르스름한 고요의 향기를 채집하기 위해 얼마나 많은 시간을 나는 견뎠고, 잃어버렸으며, 다시 찾았던가. 억장이 무너져 주먹을 쥐어 가슴을 치고 있을 때, 솜털이 돋아나 반짝거리며 나에게 내밀던 손들은 또 얼마나 부드러웠던가.

고마웠다. 늦었지만 이제라도 돌아서 말한다. 참으로 고마웠노라고.

몇 년 전 뼛속까지 파고드는 겨울의 한기를 맞으며 나는 아무것도 없는 땅 위에 서 있었다. 서글픈 어느 한 시절의 무렵이었다. 마치 진공으로 포장된 비닐 안에서 밖을 향해 굴절된 사물을 바라보는 것만 같았는데. 윙윙거리기만 하는 무언가의 소리를 들은 것만 같았는데. 알 수 없는 정체들이 두려워 그저 텅 비어 버린 진공 속에서 못 들은 척, 못 본 척 밖을 기웃거리기만 했는데. 캄캄한 동굴 안에서 밖을 살피며, 미지의 것에 대한 공포와 두려움 앞에서 머뭇거려야만 했다. 사라지고 남아있는 잔해들 속에서 그동안 무엇을 채우려 애써왔는지를 세 줄의 그림자를 미간에 드리우며 생각했다. 무엇으로 이 지독한 삶을 채워야 할지를 말라버린 갈색빛 입술에 침을 달싹이며

밥상을 차리다, 당신을 떠올리곤 해

중얼거렸다. 역설적이게도 가진 것들이 사라지니 채워야 할 것들도, 채울 수 있는 것들도 참으로 많다는 걸 알게 되었다.

　나는 새벽의 이슬 품은 나뭇잎을 만지고 싶었다. 강건한 나무 표피에 입술을 두고만 싶었다. 쪼그리고 앉아 깨어난 지렁이를 따라가다 달팽이랑 멋쩍게 눈 맞추고 싶었다. 동네 강아지와 고양이들과 스스럼없이 걷고도 싶었다. 간혹 다녀가는 좋은 이들에게 나 사는 거 보여주며 눈주름을 깊게 잡고서 웃어주고도 싶었다. 내 이름 석 자가 가지런히 박인 책들이 나의 책방에 단정하게 꽂혀있길 바라기도 했다. 사랑도. 우정도. 행복도. 꿈도. 그곳에 모두 있을 것만 같았다.

그래서 나는 다시 발을 내디뎠다.

'타일러 오빠는 가장 위대한 선지자에 관한 이야기가 나를 연상시킨다고 했다. 그때 내가 이해한 한 가지는, 내가, 나 자신을 믿어도 된다는 것, 내 안에 무언가를 가지고 있다는 사실이다. 선지자가 자기 안에 가지고 있던 그 무언가는 여자든 남자든, 나이가 많든 적든, 상관없이 스스로 타고난 본연의 가치. 아무도 흔들 수 없는 가치라는 사실 말이다.'

「타라 웨스트 오버」 '배움의 발견' 중.

문득 흙을 갈다가 친구가 권해 준 '타라 웨스트 오버'의 '배움의 발견'이라는 책이 떠오른다. 소설이라 여기며 읽은 이야기가 에세이였다는 사실에 나는 목덜미가 서늘해지고, 한동안 머릿속이 텅 비어 버린 것만 같았다. 그녀는 종교라는 이름으로 자신을 구속하던 집을 벗어나, 배움을 향해 전진하며 자아를 확장하고 끝끝내 자신을 찾고야 말았다. 집을 벗어날 때, 그녀는 얼마나 두려웠을까. 또 얼마나 모멸스러웠을까. 그리고 악다문 입술로 얼마나 견뎌야만 했을까. 감금된 현실과 눈 앞에 펼쳐진 세상 간의 낙차(落差)가 주는 싸늘함은 얼마나 차가웠을까. 하지만 삶은 그녀의 용기와 도전 앞에서 길을 열어야만 했다. 결국 그녀는 그토록 바라던 하버드대학 교수가 되었으니까. 소설이 아니기에 훨씬 더 아프고, 아름다운 이야기. 어쩌면 시작하는 모든 이들이 이런 마음이 아닐까. 알을 깨어 부수는 고통처럼 모든 시초에는 고통이 등을 맞대고, 서로를 밀어내려 애쓰는 것인지도 모르겠다. 걱정, 불안, 고독, 긴장, 설렘. 이런 말들이 떠오른다면 두려워할 필요는 없다. 어떤 특별한 시작과 마주하고 있다는 방증일 테니까.

　아직 오지 않은 새벽을 살피며 하루를 준비하고 있을, 시작하는 마음들을 헤아려 본다.

　'아직 여린 불꽃이 살아있는가.
　하얀 운동화는 여전히 햇살을 향해 놓여있는가.
　깊은 그 눈에는 지금도 파란 하늘이 비치고 있는가.'

　봄이 되면 찬연한 햇살 아래에서 진분홍빛 매화꽃도 피고, 하얗게 배꽃과 자두꽃도 피고, 연분홍빛 살구꽃과 복숭아꽃도 피고, 봄날의 서재는 꽃 빛으로 밤새 불을 밝힌다. 서재를 가꾸기 위해 육중한 삽을 들었던 날. 아무것도 없는 황무지에서 어여쁜 꽃등을 상상하며 힘을 낼 수 있었다. 그날 나는 집으로 돌아와 소고기미역국을 끓여 먹었다. 시작이라는 단어를 떠올릴 때면 나의 망막에는 왜 소고기미역국의 잔상이 나타나는 걸까. 첫 책을 출간한 날도, 태어난 아이를 나의 두 손으로 거두었던 그날의 기억에도 미역국은 남아있다. 열 사흘

15_새벽은 아직 오지 않았다 《소고기 미역국》

쯤 된 달의 하얀빛이 번지듯, 기억은 골수에 사무치듯 밀려온다.

'십여 개월의 산고 끝에 까만 방 안에서 발가벗고서 핏덩어리를 부둥켜안았는데. 탯줄을 잘라내어서인지 어찌나 울어대던지. 피 얼룩으로 붉게 칠해진 그 자그마한 육신을 심장에 감싸안고서 가만히 누워, 맞댄 심장을 느꼈는데. 불가해한 처음 느껴본 감각들. 기적이 만져진다면 아마도 이렇게나 뜨겁고 부드럽고 물컹하고 연약한 느낌이리라, 생각했는데. 눈을 감은 채 아이는 희미한 빛을 바라보는 것만 같았는데.
울고 있는 아빠라는 세상을.'

밥상을 차리다, 당신을 떠올리곤 해

암막 커튼을 두른 까만 방의 한구석에 스탠드 조명 하나만을 여리게 밝혔었다. 두려움과 긴장, 설렘과 떨림. 이런 언어들이 조명 아래에서 산란하고 있었다. 산파는 세상 밖으로 아이가 나올 수 있게 도와주라고 나에게 말했다. 핏덩어리가 내 손에 이끌려 경계를 넘었을 때, 세상은 특별해졌음을 아이는 알고 있을까. 핏덩이를 한참 동안 가만히 안고 있었던, 척추에 전달되는 뻐근한 고통이 파고들었던, 뒤틀린 듯한 팔과 다리의 경련이 살갗을 스며들었던, 속수무책으로 건너오던 고통이 뒤섞인 감동은 새로운 생명의 탄생을 명징하게 알려주는 것만 같았다. 미리 한 솥 끓여둔 소고기미역국을 데워 한 사발을 떠서 아내에게 건네고, 또 한 사발을 떠서 나는 부

얼에 쪼그리고 앉아 먹었다. 맛있었다. 눈물겹게 맛있었다. 눈물 섞인 미역국은 고생했어. 라 말해 주는 것만 같았으니까.

마른미역을 맑은 물에 담그고, 냉동실에 얼려둔 양지를 꺼내 참기름에 볶는다. 강의 교안을 생각하다, 결국 미역국을 끓이고야 만다.

'새는 알에서 나오려고 투쟁한다. 알은 세계다. 태어나려는 자는 하나의 세계를 깨뜨려야 한다.'

「헤르만 헤세」'데미안' 중.

반쯤 볶아둔 양지에 풀어 헤쳐진 검녹빛 미역과 들깻가루를 넣고서 조금 더 볶는다. 농밀한 친밀감이 맡아지는 구수한 들깻가루의 향기가 서재의 창틀에 끼어 밖을 향해 달려 나가려 한다. 멸치다시 물을 한 바가지 부어두고 뜨락을 걸어본다. 겨울이 지나가는 감각들이 선명해진다. 깨끗한 달빛은 서재를 은빛으로 물들이고, 호수의 잔물결은 간지럽다. 잔털 가득한 백목련의 꽃봉오리를 살짝 누르면 봄의 하얀 단내가 터질 것만 같다. 아직 다 오지 못한 봄을 마중하기 위해 말라버린 잡초의 파편들을 걷어내고, 우주를 품은 씨앗들의 자리를 만들어간다. 날카로운 결정체들로 묶여 있던 흙들은 고슬고슬하게 해방된다. 목을 길게 늘어뜨리고 처절하게 기다리던 희망들. 이 길의 끝에서 세로로 뻗은 햇살 줄기를 가르며 가닿고 싶던 꿈이 언젠가는 나타날까. 아직은 아무것도 모르겠다. 여전히 그 무엇도 확신할 수 없다. 삶이 던지는 끝없는 질문들과 의미를 숨긴 듯한 고통을 마주할 때면, 그저 가없이 펼쳐진 검은빛 바다에 홀로 남겨진 것만 같으니까. 어떠한 의지에 대한 무게감이 없이 그저 발을 들어올려야 할 때면 깊이를 알 수 없는 낭떠러지인 것만 같으니까. 하지만 우리는 잘 알고 있다. 스스로를, 그리고 서로를 힘껏 끌어안을 힘이 우리 안에 가득하다는 것을. 그래서 아직 오지 않은 새벽을 용기 내어 침착하게 기다려도 괜찮다는 것을 말이다.

당신과 나의 새벽은, 아직 오지 않았다.

15_새벽은 아직 오지 않았다 《소고기 미역국》

16

억척스레 너를 지어먹는다
《해물 부추전》

'삶은 아무 일도 없었다는 듯 그저 무심히 흘러갈 뿐이다. 흘러
가는 물길을 따라 나는 있는 힘껏 헤엄친다. 단 한 번밖에 없는
삶에 저항하는 나의 유일한 방법이다.'

「나의 노트 중.」

낮과 밤의 온도가 전극처럼 서로를 밀어내는 듯
한 나날이다. 겨울과 봄의 줄다리기를 가만히 지켜본다. 날 선 기침
을 조금 뱉어내며 미열이 있는 이마를 잠시 짚어 보고, 아스피린 한
알을 삼킨다. 끝나지 않을 것만 같던 겨울과의 이별을 알리는 비가
내린다. 창가에 매달린 투명한 물방울들. 어스름한 새벽녘부터 맑
은 봄비가 생을 노래한다. 서재에 떨어지는 빗방울들은 수많은 소
리와 이야기들을 들려주곤 한다. 비 내리는 봄의 낮은 싱그러우면

서도, 아련하게 피어나는 물안개처럼 추억을 소환해 주기도 한다. 프루스트의 홍차에 찍은 마들렌처럼, 빗방울이 조곤거리는 회상의 파노라마는 가슴에 가장 깊이 박힌 추억으로 언제나 시작되지만, 어느새 수많은 기억이 나의 손등에 한 방울, 또 한 방울 떨어져 내리듯 흘러내리곤 한다. 검푸른 정맥을 따라 흐르는 애달픈 기억들. 시간 속에 각인된 다이아몬드처럼 반짝거리는 이런 기억들이 어쩌면 지금의 나를 살아가게 하는지도 모르겠다.

그저 습관처럼 그리워지는 기억이 아닌, 내가 살아왔음에 대해 온전히 인지하고 저장된 기억들. 머리가 아닌 마음으로 담아둔 애틋한 기억들.

겨울을 이겨낸 부추들은 떨어지는 빗방울을 추앙하는 것만 같다. 자신의 몸을 베어내고, 또 베어내도 억척스레 자신을 다시 만들어내는 부추가 참으로 기특하기만 하다. 상처 입을 때까지 사랑하는 것을 두려워하지 말라는, 사랑은 어느 계절에나 열매를 맺을 수 있다는 마더 테레사 수녀님의 말씀이 떠오른다. 끊임없이 내어주고 상처받고, 아무렇지 않다는 듯, 다시 자신을 재생시키는 부추에서 고결한 삶의 향기가 맡아지곤 한다. 얼마든지 돌을 던져도 흐트러지지 않는 깊은 호수의 단단함. 한곳을 향해 흘러가는 드넓은 강물의 떳떳함. 날카로운 바람과 얼음처럼 차가운 땅에서도 끝끝내 견뎌내는 나무의 우직함. 나에게도 그런 강건함이 허락될까. 고개를 갸웃거려보지만, 그저 쓰며, 사랑하며, 살아가는 것 외에는 다른 방법이 없을 것 같다.

나는 어리석은 한 인간일 뿐이니까.

오랜만에 친구가 찾아온다기에 봄날의 부추를 잘라 부추전을 만들어 보려 한다. 승진을 확신하던 친구에게서 낙망(落望)한 자의 슬픔이 느껴진다. 그를 위해 소쿠리를 들고 현관문을 열고 밖을 향해 몸을 비춘다. 빗방울이 내려앉은 봄의 낮이 이토록이나 황홀한 걸 보니, 친구의 발짝이 무척이나 그리웠나 보다.

'언제 심었길래 부추가 이렇게나 빨리 자라?'

'작년에 심었어. 부추는 겨울을 이겨내는 애들이야.'

'여려 보이는데도 겨울을 살아가는구나.'

'눈에 보이진 않지만, 겨울에도 끊임없이 깊은 곳에서 물을 길어 올리느라 분주했을 거야.'

겨울을 이겨낸 텃밭의 부추를 조금씩, 또 조금씩 잘라낸다. 어느 것 하나 순한 것이 없는 계절을 부추는 온몸으로 담담하게 지나가며, 다시 중력을 거슬러 연녹빛을 일으켰다. 겨울을 이겨낸 텃밭의 부추를 조금씩 자르다, 문득 꿈과 현실이 해리(解離)되던 오래되었지만, 그리 오래되지 않은 어느 겨울날의 기억이 떠오른다.

27년 전, 겨울이 조금씩 입을 벌리며 목구멍 깊은 곳에서 한기를 길어 올리던 날. 서늘한 선언처럼 들리던 경제부총리의 담화를 기억한다. 사실 사람들은 일 년 전부터 약속된 냉혹함을 견디고 있었다. 이른바 국가부도 사태라는 경제 위기에 닿기까지 수많은 이들의 삶이 참혹하게 쓰러지고 있었으니까. 나와 가족들도 피해 갈 수 없던 캄캄하고도 긴 터널이 시작되고 있었다. 아버지의 부도로 도망치듯 거처를 옮기고 셔터를 들어 올려야만 했던 단칸방에서 숨죽이고 살아야만 했다. 나와 가족들은 그저 집어삼킬 듯한 어둠을 향해 눈을 가늘게 뜨고서 응시하는 것 외에는 할 수 있는 일이 없었다. 미술대학으로 진학하려던 나는 학교 수업을 마치고 미술학원을 다녔었다. 어느 날 캄캄한 방구석에서 우두커니 앉아 있던 어머니는 고개를 깊이 수그리고, 초점 없는 검은 눈동자로 황톳빛 장판을 내려다보며 말씀하셨다. 술이 섞인 쉰목소리는 갈라지며 미세하게 떨리고 있었고, 흰자위는 붉게 금이 가 있었다.

　　'미술학원은 더 못 다닐 것 같아. 너무 미안해. 엄마가.'

　　칠흑 같은 어둠 속에서 모든 불빛들이 한순간 소멸하고, 창백한 달빛조차 흔적 없이 사라져 오직 확실한 건 비루한 몸뚱어리 하나밖에 남아있지 않은 듯 느껴질 때, 인간이 할 수 있는 일이라곤 목으로 울며 고통을, 슬픔을, 상실을 조금이라도 밀어내려는 시도 외

16_억척스레 너를 지어먹는다 《해물 부추전》

에 다른 건 없었다. 그렇게 어둠 속으로 꿈이라는 단어는 삼켜지고, 현실은 사력을 다해도 빠져나올 수 없을 것만 같은 은밀하고도, 집요하기만 한 검은 늪이었다. 미술을 포기하고 어떻게든 대학이라는 곳에 가기 위해, 해본 적도 없는 학업에 달려들어야만 했다. 결국 등록금이 저렴한 국립대학에 장학금을 받으며 입학할 수 있었다.

어머니는 그날, 많이도 울었다.

27년의 시간이 흐르고, 봄날의 햇살을 등지고 앉아 시금치를 다

밥상을 차리다, 당신을 떠올리곤 해

듬으시는 어머니의 언저리를 따라 흰빛이 번져가던 어느 날. 봄 햇살에 반짝거리는 먼지 입자를 타고서 어머니의 낮은 목소리가 거실로 건너왔다.

'아들. 좋아하던 그림. 다시 해 봐. 나는 그게 아직도 사무친다.'
'괜찮아. 나. 이제 글 쓰잖아.'

걸어가던 길 앞에 두께를 알 수 없는 장벽이 무섭게 막아서던 순간이. 한 번도 가보지 않았던 길을 향해 감겨버릴 것만 같은 눈으로 응시해야만 했던 순간이. 냉담한 분노가 뒤따르고, 굴욕 섞인 오기를 축축한 손에 꼭 쥐어야만 했던 순간이. 그런 순간이 누구에게나 있을 것이다. 그리고 앞으로도 나에게 수없이 다녀가리라 생각한다. 그렇지만 거친 삶의 흐름 앞에 그저 체념한 표정을 보이며 엎드리고 싶지는 않다.

나와 당신의 삶은 단 한 번밖에는 없는 거니까.

나는 여전히, 아니, 언제까지나 어리석으며 방황하면서 살아가게 될지도 모르겠다. 적당한 방황도 살아가는 모습일 거라고 스스로를 위로하면서 가끔 위안을 삼기도 한다. 살아보니 단정 짓고, 확신할 수 있는 건 단 하나도 없는 듯하다. 단 한 번도 의심해 본 적 없는 미래가 가차 없이 손을 날려 나의 뺨을 내려칠 때마다 내 마음

같지 않은 삶에 대해 생각한다. 살면서 더 이상 놀라울 일은 하나도 없을 듯한 얼굴로 살았으나, 더한 일이 기습적으로 들이닥치는 게 삶이었다. 심지어는 살아가기 위해 글을 쓰기 시작했으나, 요즘에는 쓰인 문장들이 나를 살아가는 건지, 내가 문장들을 따라 살아가는 건지, 가끔 갸웃하기도 한다. 지금도 희미하기만 한 질문들이 부추의 잎사귀를 부여잡고 애처롭게 나부낀다.

여전히 확신할 수 없는 것들이 마주해 달려오고, 견고한 불안은 나를 기웃거린다.

하지만 확신까지는 아니더라도 조금은 알 것도 같다. 죽음에 다다를 무렵이 오더라도 잊히지 않을 기억들은 부추를 다듬으며 친구의 농담을 듣던 그저 이런 일들뿐이라는 것을 심장은 알려주는 듯하다. 아마도 나의 시간 속에서 안온하게 자리할 서재와 책방의 기억들, 기척을 내어주고 온기를 전해준 이들과 자그마한 추억들이 있기에 가져 볼 수 있는 것이라 여겨진다. 그리고 이를 받아 쓴 문장들에 대한 초연한 믿음이라는 한 단어, 그것 때문에 견고하게 자라나는 것인지도. 한때는 영원할 것처럼 애틋하던 사랑이 한순간 덧없는 감정이라 치부되더라도, 모든 걸 나눌 것만 같던 끈적한 우정이 세월의 무게에 짓눌려 시들해질지라도, 밝은 낮이라 여겨지던 나날이 한순간 캄캄한 어둠으로 침몰할지라도, 다시 억척스레 채워내는 것이 사는 일인 것만 같다. 밀물처럼 밀려오는 인연들도, 썰물

밥상을 차리다, 당신을 떠올리곤 해

처럼 빠져나가는 인연들도. 다시금 만나고 사랑하기 위해 그렇게 나 하얀 물보라를 일으키며 한 시절을 지나가는 것이 아닐까. 그들이 남긴 인연의 물결들은 나의 삶에 다양한 무늬의 흔적을 남긴다. 동일한 무늬가 아닌 계절을 따라 변하는 모양 덕분에 사는 일이 재미가 없지만은 않다. 복숭앗빛 황혼 녘을 지나 어스름에 서서 두려움 없이 선명하게 문장을 잇는다. 그리고 인연이 되었던 이들에게 마침표를 찍어 수줍게 전한다. 글쓰기는 사랑하는 사람들을 불멸화하려는 시도라는 롤랑 바르트의 말을 되새기며, 고개를 끄덕인다.

반가운 내색의 부추를 맑은 물에 씻기고 우려서 나무 도마에 올려 손가락 마디만큼의 길이로 자른다. 칼과 도마가 부딪치는 소리가 아직은 어색하지만, 조금씩 배우며, 익히다 보면 조금은 더 나은 사람이 되어 있으리라는 기대감 같은 것도 가져 본다. 날카롭지 않은 둥근 소리가, 어긋나지 않는 적확한 소리가 언젠가는 시골 서재에서도 나지막이 들려올 것이다. 코끝에서 한참을 머물던, 갓 캐어 낸 부추와 갈색빛 흙의 향기는 이 세상의 것이 아닌 것만 같다. 이 신비로운 냄새로 친구의 코끝을 간지럽혀 주고 싶은 생각에 장난을 걸어보기도 한다.

양파와 당근, 매운 고추도 채를 썰어 가지런히 옆에 둔다. 단정하게 정리된 것들은 언제나 어긋난 마음의 조각들을 들여다보게 해

주는 것만 같다. 저리도 곱게 정렬된 것들을 보고 있자면, 흩어지고 조각나버린 마음을 맞추려 애쓰는 내가 가끔은 안쓰럽기도 하지만, 그런 고독 속의 사유들이 삶과 사람, 사랑의 틈새를 메워주는 것 같다. 되메워진 새살들이 어김없이 나의 삶을 단단하게 하리라는 어설픈 예감이 들기도 한다. 피가 흐르고, 고름이 터지던 삶이 찔러댄 상처들. 한때는 잘려 나갔던 단면을 떠올리며, 아무렇지 않다는 듯 다시 일어서는 게 우리에게 부여된 유일한 사명이 아닐까. 단단한 부추는 자신의 사명을 알기에 저리도 강건하게 살아가는 걸까. 자신을 끊임없이 소진해, 누군가를 가득 채워준다. 잘리고 잘려도 아무렇지 않게 다시 자라난다. 부추는 그렇게 살아간다.

그럼에도 우리들에겐 그런 날이 있다. 글조차도 간섭할 수 없는 무참하게 흔들려야만 하는 그런 날이, 누구에게나 있는 것이다. 그럴 때마다 투명한 바람은 다시 불어온다.

'그런 날이 있다.
누군가의 스치는 잔향만으로도 붙잡고만 싶은 그런 날이.
질척거린다고 비난받더라도 그저 머물고만 싶은 그런 날이.
죽으려는 마음과 살려는 마음의 모순된 의지가
함께 일어나는 게 이상하지 않은 그런 날이.

그런 날이면 바람이 불어오곤 한다.

금빛 햇살이 모여 꽃잎이 되고 은빛 달무리가 모여 호수가 되는.
반짝이는 별빛이 반딧불이가 되어 내려앉고
떨어진 나뭇잎이 편지가 되어 날아오르는.

바람은 생경한 세상으로 나를 이끈다.
우리에겐 그런 날이 있다.'

튀김가루가 나을까, 부침가루가 나을까를 친구 녀석과 갸우뚱거리며, 고민하다가 결국 둘을 섞는다. 희멀건 반죽이 길게 늘어지며 툭. 하고 떨어져 내릴 때까지 물을 조금씩 부어가며 섞는다. 고민하다 까만 국간장을 살짝 떨군다. 친구가 잘라둔 부추와 채소들, 그리고 손질해 둔 오징어를 반죽에 넣고서, 부추전을 굽는다. 그는 말없이 부추전을 굽는 일에 몰입한다. 나는 그사이 양조간장과 식초를 넣고 양념장을 만든다. 부추전을 뒤집는데 연달아 실패하는 친구 덕분에 많이도 웃는다.

사는 일이 뭐 별거 있을까. 때때로 웃고, 때때로 울며, 그렇게 좋은 이들과 흘러가는 것일 뿐이다.

한낮의 수많은 삶의 이야기들은 어느새 지평선 위로 반짝거리며 침잠하다가 이내 별빛들에게 자리를 내어준다. 봄의 향기를 가득 묻히고 먼 길을 달려온 봄비가 만물을 소생시키듯, 누군가의 이야기에 마음을 보태는 문장들과 따뜻한 밥을 지어 줄 수 있다면 삶의 물살이 그리 거친 것만은 아닐 것 같다.

'이야. 이거 너무 맛있는데. 비 오는 날에는 역시 부추전이랑 막걸리만 한 게 없다.'

'다음에 비 오면 또 와. 부추전 해 먹자. 부추는 계속 다시 자라나서 저기 그대로 있어.'

'그나저나 너 정말 대단하다. 시골에서 살아본 적도 없으면서 언제 이렇게 만들었대...'

'해야만 했으니까...'

사는 일이 버겁기만 한 그런 날이 어김없이 다시 찾아온다면, 나는 생각에 잠기며, 다시 억척스레 부추전을 지어 먹을 것이다. 심장이 내려앉는 듯한 고통도 찾아올 것이고, 비루하게 주저앉아 외로움을 다시 느껴야 할지도 모르겠지만, 수없이 다시 태어난다 해도 반드시 해야 할 일이 있다면, 아마도 부추처럼 억척스레 다시 사랑하며 살아내는 것뿐이다. 돌아가는 친구의 어깨에 손을 얹고 말해준다.

그런 날이면, 언제든 다시 찾아오라고.

16_억척스레 너를 지어먹는다 《해물 부추전》

17

어디선가 혼자 밥을 먹고 있을 당신들에게
《곰취 무침》

'외부의 자극이 없어 고립감이 느껴지는 게 외로움이라면, 내 안의 나와 왈츠를 추는 걸 고독이라 불러야 하는지도. 나는 내 안의 나를 마주하고 춤을 추기를 원한다.'

「나의 노트 중.」

이른 새벽 파르스름한 빛에 눈을 깜빡이며 커튼을 열어젖히니, 도톰한 안개들이 서재에 고요히 누웠다. 하얀 솜 뭉치들이 펼쳐놓은 세상 속에서 나무 뒤에 숨어 우는 산새 소리를 듣고 있으니, 여전히 꿈결 속에 있는 듯 영롱하다. 며칠 간의 비와 자리를 바꿔 앉은 찬연한 하늘 아래에서 찾아오는 온화한 적요는 그늘진 외로움의 표정과는 채도가 완연하게 다르다. 하얀 김이 너울거리며 피어나는 까만 커피 한잔을 들고서 평상에 앉아 버릇처럼

잠시 생각에 잠긴다. 나에게 주어진 오늘 하루와 한 주, 남아있는 한 달과 한 해. 달려올 불확실한 세월들. 살아내는 일이 가끔은 버겁고 두렵기도 해서 조금 울기도 했지만, 그럼에도 살아가는 일은 좋은 일이라고 자연은 말해주는 것만 같다. 꿈을 향해 걸어가는 길에서 우연히 만나게 된 인연들과 뜻밖의 결실들이 참으로 감사한 요즘이다. 자연 안에서 선택한 자발적 고립과 활자가 된 침묵의 시간을 떠올려보니, 그 안에는 잔잔한 설렘도 있었고, 소소한 기쁨들도 담긴 나만의 달콤한 일상이 널려 있었다. 인연은 그렇게 하나하나 때가 되면 건너오는 듯하다.

그럼에도 가끔은 외로움의 통점이 수시로 붉어지며 수포처럼

17_어디선가 혼자 밥을 먹고 있을 당신들에게 《곰취 무침》

부풀어 오르는 건, 아마도 인간이 숙명처럼 갖고서 태어난 원초적인 슬픔과 따뜻한 사람의 살갗에 대한 그리움 때문인지도 모르겠다. 혹독한 외로움 때문에 사람들은 잘못된 결정을 하기도 하고, 숨죽여 울기도 하며, 좋지 않은 인연을 맺기도 한다. 어찌할 수 없는 인간의 근원적인 비참함은 신의 의지일까.

심장이 다시 아려온다. 내 안에 누군가가 살아간다.

겨울잠을 자던 곰이 봄날에 깨어나 가장 먼저 찾아 헤매는 식물은 곰취다. 그래서 이름도 곰취라 불린다고 한다. 길었던 잠에서 깨어나자마자 심장을 닮은 곰취를 찾아다니는 곰은 자신의 심장이 아

려서일까. 아니면 사라져 버린 것들이 아파서일까. 난폭한 겨울의 위세에 쓰러지고, 떠나버린 것들의 흔적에서 느껴지는 건조한 통점은 아마도 검붉은 심장에서 비롯될 것이다. 겨울을 지나며 가뭇없이 사라졌지만, 언제나 마음 한구석에서 살아가며 쿡쿡 찔러대는, 부재하지 않은 것들이 자신을 잊지 말아달라 부탁하는 것인지, 나의 일부가 되어서 그런 것인지. 결국 떠나버려도 내 안에서 살아가며 통증을 만들어낸다. 부재는 애착을 통해 역설적으로 존재를 증명한다. 프루스트의 말처럼, 떠나간 후에 누군가의 얼굴은 오히려 또렷해진다. 지나가 버려도 사라지지 않는 게, 누구에게나 있다. 심장을 닮은 물방울이 맺힌 곰취를 물끄러미 내려다보다, 누군가의 빈자리에 다음과 같이 끄적인다.

'당신이 떠난 부재의 자리에
까마득한 눈이 쏟아졌다.

하얀 눈이 당신인 듯 차가워
차마 눈을 밟지 못하고
그 계절을 방에서만 서성였다.

그래도 가끔씩은 고개만 내밀어
적막한 세상을 살피기도 했다.

눈 위에 당신만한 발자국이 있을까
실눈을 뜨고 남몰래 찾아보기도 했다
너무나 깨끗한 눈이 서러운 한 철이었다.

얼어붙은 눈이 마침내 녹아내렸다
비로소야 비루한 몸을 밖으로 꺼낼 수 있었다.

영원할 것만 같은 눈이 사라지고
아무것도 남아있지 않은 허공을 향해
민들레 싹은 다시 솟았다.

턱을 괴고 쪼그리고 앉아 늦은 기지개를 켠다
빛바랜 종이를 꺼내 당신에게 편지를 쓴다
당신을 닮은 봄이 당신의 마음에도 설핏 비춰주길.

우리의 겨울은,
끝났다.'

치유될 수 없는 태생적인 결핍을 안고서 태어난 우리들이지만,
서로의 주변을 맴돌며 서로의 체온을 느낄 수 있도록 조금은 곁을
내어줄 때, 삶이 조금은 더 따뜻할 수 있지 않을까. 정호승 시인의

밥상을 차리다, 당신을 떠올리곤 해

말씀처럼 외로우니까 사람인 것이고, 마음을 내어줄 수 있으니 또
한, 사람일 것이다.

　곰취가 더 자라기 전에 곰취로 밥상을 차려보려 한다. 그리워하
는 자의 마음은 아마도 따스하고 쌉쌀한 곰취의 맛을 닮았을 듯하
다. 타지에서 고향을 찾아오는 자식을 마을 앞 버스정류장에서 기
다리며, 들어오는 버스를 향해 목을 길게 빼고서 유심히 살피는 어
느 부모의 마음이 이와 같을까. 달콤하진 않지만, 은은하게 느껴지
는 따뜻함. 겨울잠을 자고 일어난 봄날의 곰처럼, 장화로 갈아 신고
서 곰취를 따라 어설픈 모양새로 설렁설렁 밭을 향해 걸어간다. 자

17_어디선가 혼자 밥을 먹고 있을 당신들에게 《곰취 무침》

연의 길을 걸을 수 있기에 외롭지만, 외롭지만은 않은 나날들이 내 안에 켜켜이 쌓여간다.

　곰취로 무얼 만들어 볼까, 한참을 고민한다. 날 것의 곰취는 초봄의 여린 잎을 먹어야 하는데, 나의 게으름 탓에 얼굴만 한 곰취 잎사귀 한 장을 머리에 이고서, 어느새 완연한 봄의 표정 앞에서 서성거리고 있다. 그럼에도 본연의 식감과 향기, 그리고 맛이 너무나 궁금해서 곰취를 날것으로 먹어보려 한다. 조금 억세려나. 아마도 요리를 잘하는 친구가 이 모습을 옆에서 보고 있었다면, 그러지 말라고 고개를 젓는 대신 빙긋이 옅은 미소를 보여줄 것만 같다.

나를 바라보던 친구의 그 미소가 나의 심장 한 편에 남아 가끔은 그 자리에 털썩 주저앉아버리기도 하지만, 자주 그 미소를 따라 웃기도 한다. 냉장고를 열어보니 지난번 부추전을 만들고 남은 오징어가 주홍빛 불빛 아래에서 꽁꽁 얼어붙어 있기에, 툭툭 건드려 깨워본다. 곰취 쑥갓 오징어무침을 만들어 밥상을 차려야겠다.

텃밭에서 잘라 온 곰취와 쑥갓의 줄기 끝부분을 유심히 살펴보며 조금 다듬어내고는, 맑은 물에 씻기어 잠시 우려낸다. 심장을 닮은 갓 씻은 곰취를 보니 물에 가라앉은 마음을 보는 듯하다. 나를 잡던 손과 미끄러지듯 내 손을 빠져나가던 손이 같다는 사실에 소스라치게 놀라고야 만다. 하지만 떠나가 버린 것들은 나의 곁에 부재하지만, 언제나 심연에 가라앉아 내 안에서 존재한다는 것을 이내 알게 된다. 그래서 갑작스레 봇물 터지듯 흐르는 원인 모를 눈물은 정지시키기가 어려운 것이다. 롤랑 바르트의 말처럼, 시간은 아무것도 사라지게 하지 못한다. 시간은 그저 슬픔을 받아들이는 예민함을 무뎌지게 할 뿐이기에 이별 후의 잔해들을 담담하게 담아둘 수밖에는 없다. 아무렇게나 던져진 슬픔이 곰팡이처럼 검푸른 우울로 번져가고, 방치된 슬픔이 얼음기둥처럼 동결된 무기력함으로 변해 버리지 않게 슬픔을 당당하게 마주해야 한다. 시간의 지층들이 쌓여가다 보면 슬픔은 떠나버린 이에 대한 그리움으로 조금씩 대체된다. 그것조차 언젠가는 옅어져 가겠지만, 처음부터 없었던 것처럼 사라질 순 없기에 그것대로 자리 한쪽을 내어주는 것 외에는 다른 방법은 없을 것 같다. 하지만 대체불가능하고 고유한 그리움의 향기는 삶을 살아가는 데 있어 힘을 낼 수 있는 긍정의 무엇으로 자리하리라는 기대감을 가져 볼 수도 있을 것이다. 지금 내가 그리움을 동력 삼아 글을 쓰듯, 누군가는 그리움을 동력 삼아 어떤 형태로든 달리고 있을 테니까.

그리움의 힘은 내 글의 동력이다.

심장을 닮은 가라앉은 곰취를 심연에서 건져 올리니, 롤랑 바르트가 '사랑의 단상'에서 말한 잊을 수 없는 문장 하나가 얼음표면에 손을 댄 듯, 문득 스친다.

'나는 그 사람이 아프네요.'

어법이 맞지 않아 더욱 아프게 다가오던 문장. 에피톤 프로젝트의 노래 제목으로 차용될 만큼 아프고, 또 아픈 이 문장이 왜 물먹은 곰취를 보니 떠올랐을까. 누군가의 존재로 인해 아픈 마음과 부재로 인해 슬픈 마음은 분명, 통증의 형태는 다르겠지만, 결국 한 존재로 인해 잉태되고 지속한다는 점에서 그 사람이라서, 그 사람이 아프다는 문장은 적확한 문장인 듯하다. 누군가의 존재가 나의 뼈와 살과 내장에 자리하고, 그것들은 그리움의 통점이 된다. 떠나

밥상을 차리다, 당신을 떠올리곤 해

버린 내 안의 누군가가 사라지지 않게 통증을 있는 그대로 받아들인다. 그리고 그건, 엄연하고도 엄중하게 심장이 시킨 사랑이기 때문일 것이다. 사랑을 노래하려고 하면, 고통이 되었고, 고통을 노래하려고 하면, 사랑이 되었다는 슈베르트의 말처럼, 부재로 인한 고통과 존재로 인한 사랑은 서로의 등을 맞대고 있는지도. 익숙한 외로움을 달래기 위해 심장을 닮은 곰취를 만져본다. 뻐근한 외로움이 가슴을 다시 저며온다.

　곰취와 쑥갓을 큼직큼직하게 썰어 아삭한 식감을 느끼려 한다. 볼품없는 모양새이지만, 달그락달그락 요리하는 소리가 서재를 채우니, 사람 사는 냄새인 듯해서 삶에 대한 의지를 조금이라도 더 맡으려 애써본다. 아마도 겨울잠을 자고 일어난 곰이 와작와작 곰취를 씹는 소리는 생을 의욕 하는 다짐인지도. 어느 음식에나 잘 어울리는 양파와 당근, 매운 고추를 듬성듬성 채를 썰며, 그들의 동그랗고 넓은 소명을 조금 부러워하기도 한다. 누군가의 심장에 가만히 손을 얹어줄 수 있는 모나지 않은 마음들이 고결해 보인다. 언제라도 곁에 다가와 기척을 느끼게 해주는 사람들에게서 삶의 다정함을 느낀다. 식초와 맛술, 소금, 그리고 매실청을 넣은 끓는 물에 칼집을 낸 오징어를 삼십 초 정도 담근다. 비린내가 씻기고 토실토실 잘 익은 오징어를 건져 올린다.
　동결된 마음에서 동그란 마음으로 나는, 다시 건져질 수 있을까.

고춧가루와 고추장, 다진 마늘과 식초, 설탕과 올리고당, 그리고 참기름과 참깨를 넣고 양념장을 만든다. 곰취와 쑥갓, 그리고 채소와 오징어를 빠알간 양념장으로 옷을 입힌다. 음식은 손맛이라 하기에 투박한 손으로 조물조물 버무린다. 심장을 닮은 곰취가 손끝에서 저릿저릿하게 만져진다. 마음에 마음을 더할 때, 지독스러운 외로움에 몸서리칠 것만 같은 삶이라도 견뎌낼 수 있음을 우리는 잘 알고는 있지만, 그리하기가 쉽지만은 않은 시절인 듯하다. 나의 곁에는 수많은 좋은 이들이 있음을, 밀물처럼 다가오던 마음들이 있음을, 가끔, 아니 자주 잊어버리고 살아가는 것만 같다. 언제 끝날지도 알 수 없을 것만 같은 기나긴 인생이라는 터널에서 백색 섬광처럼 나타나 손을 내밀고 일으켜 주는 작지만, 고귀한 마음들이 가까이에 있음을 잊지 않으면 좋을 텐데, 어리석게도 자주 망각하고 살아간다. 현실의 반복되는 두려움과 외로움이라는 속박을 느슨하게 풀어내는 힘은 어쩌면 특별할 게 없는 지도. 그저 서로를 향해 조금 입을 벌려 말해주는 것과 그것을 기억하는 일. 그뿐인지도. 난 외롭다고 느껴질 때, 습관처럼 떠올린다.

그리곤 수많은 기척이 나에게 다녀가고 있음을 이내 깨닫게 된다.

자둣빛 섬광이 하늘을 물들이고, 그림자가 무척이나 길어지다 이내 흐려진다. 하얀 쌀밥 한 숟가락에 곰취 무침 한 점을 올려 먹어본다. 누군가가 찾아와 맛보았다면 눈이 휘둥그레져서는 나를 빤

17_어디선가 혼자 밥을 먹고 있을 당신들에게 《곰취 무침》

히 바라봐 주었을 것만 같은 맛이다. 지금도 어디에선가 혼자서 밥을 먹고 있을 모든 이들에게 하얀 김이 모락모락 피어나는 따뜻한 쌀밥 한술과 곰취의 마음을 바친다. 건너편에 혼자 사시는 할아버지께 가져다드리기 위해 나무 쟁반을 꺼낸다. 매일 이별하며 살고 있다는 어느 가사 말처럼 오늘도 세상에 산재한 사무친 외로움들은 용해되고, 응고되기를 반복하는 것만 같다.

　당신은 아마도 잘 모르겠지만, 심장이 내려앉을 만큼,
　우리는 서로를 그리워한다.

18

나를 울게 하소서
《딸기잼과 비빔국수》

'늦골 너머로 슬픔이 밀려올 때면, 너무나도 당황한 나머지 누군가를 애써 찾는다. 하지만 슬픔은 잠시 어렴풋해질 뿐이다. 고요 안에 놓여있는 슬픔이 훨씬 덜 고통스럽다.'

「나의 노트 중.」

　　　　　서재에는 빗방울이 억수처럼 쏟아진다. 침묵을 지키던 검은 하늘은 한 방울, 또 한 방울 빗방울을 토해내기 시작하더니, 어느새 땅 위로 눈물길을 만들어버린다. 청개구리들의 노랫소리가 끊이지 않던 호수에는 모든 소리가 소실된 채, 빗방울들의 마찰 소리만이 거세게 흙을 두드린다. 날 선 빗방울에 꽃들은 쓰러지고, 나무들은 침몰하듯 기울어 간다. 몸서리치도록 대책 없는 슬픔은 표현할 길이 없는 침묵이 되어, 봇물처럼 터져 버린 눈물로 변

하는 것만 같다. 속눈썹이 빗물에 젖어가는 만큼, 흰자위는 투명하게 고인다. 격렬한 슬픔이 소실점이 되어 빗방울에 쓸려 내려갈 때까지, 속수무책으로 나를 밀어 넣는다.

울 수 있는 사람은 아름다우니까.

헨델의 '나를 울게 하소서'를 재생한다. 나의 비의(悲意)를 드러내기 위한 유치함인지도 모르겠으나, 한바탕 쏟아내고 나면 조금 나아질지도. 슬픔이 빗방울이 되어 바닥에서 이리저리 나뒹군다. 통점의 근원이 어디인지를 몰라 더듬거렸는데, 이젠 괜찮을 수 있을 거라 믿어왔는데, 얼마 전 군중 속에 둘러싸인 나는 화살이 과녁

밥상을 차리다, 당신을 떠올리곤 해

을 뚫어버리듯 그 지점을 정확하게 인지할 수 있었다. 불완전 연소된 자책과 무력함이 나를 향한 분노를 지나, 슬픔으로 타오르는 순간이었다. 웃고, 떠든다고 해서 슬픔이 사라진다고 여긴 것은, 그저 나의 착각이었고, 오만이었다.

빗방울은 언제쯤 고요한 진공 상태로 사라질까. 아니, 사라지기나 할까.

롤랑 바르트의 말처럼, 소란스러운 군중 속에서 허우적거리기보다는 고독과 고뇌가 자리한 고요한 심연이 보송한 이불처럼 평온하다는 걸 알 수 있었다. 그 누구도 관심 없을 힘겨운 페르소나를 거친 만큼, 빗방울은 산허리를 집어삼키며 흘러내린다. 심장이 무너져 내릴 듯한 폭우가 다가오는걸, 우두커니 서서 가만히 바라본다. 무기력함이 땅으로 뿌리를 내리는 것만 같다. 계절과 계절의 사이에서 여린 것들이 처절하게 흔들리기에 끈으로 묶어도 본다. 악착같이 매달려도 보지만, 흩날리는 그 마음을 어찌할 수 없어서 우리는 지금도 입을 벌리고, 울먹이는 건지도 모르겠다.

슬픔의 손길을 완강하게 뿌리칠수록, 사라지지 않는 슬픔은 더욱 선명하게 존재하려 악다구니를 쓰는 것만 같다. 차라리 슬픔을 존중하고 함께 살아가는 법을 배우는 게 나을까. 그렇다고 불행한 건 아니니까. 롤랑 바르트의 말처럼, 나는 슬픔 속에 있는 것이 아

니라, 나는 슬프다는 감정을 느끼는 것뿐이니까. 중요한 건 떨어지는 눈물 앞에서도, 눈물에게 지지 않으려는 심호흡이니까.

어느 날 친구가 삶을 가볍게 살아보라고 나에게 얘기한 적이 있다. 하지만 가벼워지려 하면 할수록, 자아는 참으로 흐릿해지는 것만 같았다. 유쾌한 언어들과 즐겁지 않은 농담 사이에서, 자아를 의식한 대화와 알맹이 없는 말들 사이에서, 삶에 대한 성찰과 망각하는 삶 사이에서. 이들의 사이에 서서 무엇이 가벼운 건지, 오가는 저울의 바늘을 여전히 나는 가늠하지 못한다. 깊이가 있기에 가볍지 않을 수 있고, 무게가 있기에 흔들리지 않을 수 있다. 잊어버리고 가벼워지려 애쓸수록 죄책감과 비겁함, 그리고 지워내지 못하는 자기 폄하의 늪은 빨간 눈을 부릅뜨고서 숨 막힐 듯한 중력으로 나를 하염없이 끌어당기는 것만 같았으니까. 세탁기를 몇 번이나 돌려보아도 얼룩진 슬픔은 지워지지 않고, 그늘진 존재만이 낡아지고, 해지기만 하는 듯하다.

　멀어질 듯 다가오고, 흐려질 듯 선명해지는 친구의 말에 끝내 고개를 끄덕일 수가 없었다. 내가 살아있음을, 그리고 살아있었음을 명징하게 말해주는 기억들과 문장들로 나는 차라리 무거워지고, 침잠하겠다고 결심했다. 슬픔은 살아가는 데 있어 부인할 수 없는 삶의 질료 중 하나라 여기니까. 슬픔이 있기에 우리는 기쁨을 알아볼 수 있는 거니까. 다가올 기쁨을 위해 기꺼이 온전한 슬픔이 되어 나는 추락하는 것을 허락할 것이다. 빗방울에 흔들리는 카모마일이 안쓰러워 꽃을 따며 생각에 잠긴다. 외롭거나, 힘들다는 감정에 불행이 포섭되는 것은 아니다. 극도의 짙은 습이 가득한 이곳에서 카모마일의 건강한 향기는 더욱 진하게 번져만 간다.
　꽃들은 가득한 빗방울 속에서 눈물을 떨구지만, 끝내 완전한 아름다움을 보여준다.

　빗방울이 멈추어 갈 무렵, 사랑하는 친구가 딸기를 따겠다며 달려왔다. 딸기 때문인지, 나에게서 피어나는 슬픔의 흔적 때문인지

는 모르겠으나, 달려와 준 친구가 한없이 고맙기만 하다. 빗물에 상처 입은 딸기를 어떻게 해야 하나 함께 갸우뚱거리다가 딸기잼을 만들기로 결정한다. 물러진 딸기를 깨끗이 씻어 설탕과 레몬즙을 넣고 한참을 뭉근하게 끓이다가 찬물에 한 숟가락 떨구어 본다. 찬물에도 희석되지 않는 묽기가 되었을 때, 소독한 병으로 옮겨 담는다. 상처 입은 딸기의 향이 어찌나 아름답던지. 친구는 눈썹달이 된 눈을 하고서는 환하게 웃는다. 슬픔을 눈물로 끓이고 또 끓여내니, 존재는 선명해져만 간다. 무엇에도 희석되지 않는 슬픔의 향이 가장 아름다울 수도 있음을 생각한다.

지금 나는 묽었던 딸기처럼 슬펐으나, 행복하다. 언제 그랬냐는

밥상을 차리다, 당신을 떠올리곤 해

듯 행복하다. 아이가 응석을 부리듯이 불현듯 날아드는 슬픔에 취해 목울음을 삼키기도 한다. 하지만 이렇게 슬픔을 맴도는 건, 슬픔도 지나고 나면, 먹구름 사이에서 번져가는 햇발 같은 추억으로 내릴 것임을 잘 알고 있기 때문이다. 가슴 주저앉는 나날들에 끊임없이 흔들리지만, 그렇게 흔들리며, 다시 일어나 농밀한 향기와 문장을 만들어가는 꽃들을 닮고 싶다. 폴 발레리의 말처럼, 어쩌면 신은 인간에게 고독을 무한히 감당할 수 있는 능력을 넣어 주었는지도 모르겠다. 고독은 심연 속의 수많은 감정을 꺼내보게 하고, 그 속에서 슬픔이라는 감정은 옅어져만 간다. 나는 어떻게 작별해야 하고, 또 어떤 모습으로 떠나가야 하며, 무엇을 마음에 남겨두어야 하는 걸까. 고독은 슬픔과 고통을 잘게 조각내고 들여다보게 한다. 그래서 고독을 무한히 감당할 수 있다는 말은, 어쩌면 삶을 무한히 견뎌낼 수 있다는 말의 다른 표현인지도. 눈물로 만든 딸기잼에 빵을 적셔 먹어본다. 나와 친구 사이를 흐르던 무거운 중력은 어느새 줄어들고, 달콤한 공기 만이 서재를 은은하게 채워간다.

비가 그친 후, 친구와 물방울이 송골송골 맺힌 커피를 들고서 평상에 앉아 호수를 바라본다. 희뿌연 해무 사이에서 간간이 보이는 육지를 보듯, 호수의 크기가 흐릿해진다. 젖어 있는 것들에게선 슬픔이 얼핏 비친다. 슬픔에 스스로가 잠식되어 버리면, 자신을 향한 분노가 농도 짙은 안개처럼 넘쳐흐르는지도 모르겠다. 굳어버린 분

246

밥상을 차리다, 당신을 떠올리곤 해밥상을 차리다, 당신을 떠올리곤 해

노는 손 쓸 틈 없이 자신을 집어삼키며, 안개처럼 형체도 알아볼 수 없는 희멀건 우울로 번져갈 것이다. 우울함이 깊어지고, 번져갈수록 더듬거릴 힘조차도 남아있지 않은 무기력함에 빠져들어, 끝내 삶을 가벼이 여겨 버리는 게 아닐까.

슬픔이 분노와 우울로 전이되기 전에 나는 친구를 만났고, 맛있는 밥을 먹는다. 그리고 이런 일이 반복되는 건, 내가 살아가기 때문이다.

'모든 사람이 다 똑같이 생각하고 행동하는 건 아니잖아. 사람은 모두 다르니, 그저 다른 것뿐이라고 생각해. 모두에게 이해받으려 애쓸 필요는 없으니까.'
'글을 쓰면서도 아직 내가 마음이 좁고 부족해서 그래... 그래도 네 덕분에 내가 웃는다.'
'기분도 꿀꿀한데 우리 비빔국수나 해 먹자.'

빗물 가득 고인 텃밭에서 케일과 상추, 쑥갓과 깻잎을 툭툭 자른다. 잘라 온 채소들에 잔뜩 매달려 있는 흙탕물을 깨끗이 씻어내고, 고춧가루와 고추장, 국간장과 다진 마늘, 매실청과 식초를 넣은 양념장에 삶은 면과 함께 무친다. 나란히 서서 볼이 미어질 듯 웃는 친구의 표정에, 언제 그랬냐는 듯 나도 따라 웃는다. 때론 매콤하기도, 때론 달콤하기도 한 게 삶이라는 걸, 다시 기억해 낸다.

생각해 보면 언제나 그랬다. 너무나 슬프고, 아파서 눈물을 뿌리며 빗방울을 맞고서 뛰어다니지만 언제 그랬냐는 듯, 억척스럽게 먹고, 소란스럽게 농담하며, 크게 웃어버리곤 했다. 나는 이런 일을 지루하리만큼 해내야만 하는 인간이다. 눈물을 거두고 방문을 열고서 나올 나를 기다려주는 사람들이 있으니까. 아무 말 없이 밥 먹으라며 밥상을 차려두는 사람들이 있으니까. 그리고 그건 우리 모두 그러할 테니까.

저녁 산책길에 호수의 물결을 따라 달빛이 고요하게 스며드는 걸 보니, 내일은 햇살이 황홀하게 자리를 바꿔 앉을 듯하다. 호수의 자욱하던 안개 속 어느 언저리로 매번 격렬하게 도망치고 싶었지

밥상을 차리다, 당신을 떠올리곤 해

만, 어쨌든 도망가지 않고, 지금껏 살아오고 있다. 두렵지만, 순간 순간 결정하면서. 슬프지만, 애써 일어서면서. 슬픔에 온 마음이 무너져 내리는 일은 살아가는 일에 있어 고귀한 영역이라고 나는 여전히 한 치의 의심도 없이 믿는다. 인간이 성숙해지는 데에 얼마나 많은 눈물이 필요한 걸까. 그건 아직도 잘 모르겠다. 하지만 슬픔도 온몸으로 살아내야 할 내 삶의 일부라는 건, 잘 안다. 슬픔은 중요한 감정이며, 누구도 피해 갈 수 없는 질문이다. 언제나 슬픔은 나에게 진지하게 물어오곤 한다.

'너, 지금 잘 살아가고 있니?'

질문에 대한 대답을 생각하다 보면 조금은 더 나아간 듯하다. 슬픔이 지나가고 나면, 잎사귀에 발린 먼지들이 빗방울에 쓸려 내려간 듯, 나의 삶이 잠시나마 선명하게 닦인 것도 같다. 마치 누구에게나 공평하게 찾아오는 비 내린 뒤의 찬란한 저 하늘처럼 말이다. 내가 가장 두려운 건, 슬픔이 고갈되어 흔적조차 없이 사라지는 일인지도 모르겠다. 슬픔이 없다면, 기쁨을 알아보지 못할 테니까. 괜찮은 척하기 위해 의미 없는 군중을 찾으려 애쓸 필요는 없을 듯하다. 평온한 날들이 다시 돌아올 테니까.

우리는 안 괜찮아도, 괜찮다.

밥상을 차리다, 당신을 떠올리곤 해

19

실패한 사랑은 없습니다
《목살 장작 구이》

'세상의 모든 사랑은 실패하지 않는다. 다만 사랑이 사라진 시간에 서서 사랑한 순간을 후회하는 어리석은 내가 있을 뿐이다.'

「나의 노트 중.」

　　　　지루하던 여름이 지나가는 소리가 들린다. 꽤나 소란스러웠고, 꽤나 따가웠던 여름이 조금은 그리워질 소리들. 마지막인 듯 목 놓아 우는 매미의 울음소리들. 감나무에 매달린 감들이 부풀어 오르는 소리들. 맑은 밤바람이 호수를 쓸어내리는 소리들. 벼 이삭이 익어가는 소리들. 다시 배열되는 삶의 소리들. 어디선가 나타난 가을이의 방울 소리가 나의 뒤를 나지막이 따른다. 이 모든 게 여름이 잘 지나가는 소리다. 다시 그해 여름의 끝자락에 서 있다. 달라진 게 있다면 이젠 조금 더 많아진 눈주름을 잡고서 웃을

수 있다는 것이다. 시간을 되돌려서 다시 이 길을 걸어야 한다면, 마냥 반가울 수만은 없겠지만, 그럼에도 불구하고 놀라우리만큼 아무렇지 않게 걸어갈 수도 있을 것만 같은 믿음 같은 게, 내 안에 존재한다.

삼 년 전, 늦은 밤 퇴근을 하고서, 복숭아나무 세 그루를 심던 그 시절이 떠오른다. 두려움과 불안이 가득 묻은 양손에 삽을 꼭 움켜쥐며, 감정의 얼룩을 감추어야만 했던 시절. 믿기지 않는 삶의 무게감으로 주저앉았다 일어서기를 반복해야만 했다. 나도 언젠가는 다시 웃을 수 있을까. 이 계절은 나를 어디로 데려가는 걸까. 그 끝에서 희미하게 번지는 빛을 어떤 거리낌도 없이 따라갈 수 있을까. 아니, 희미한 빛은 번져오기나 할까. 눈은 갈수록 캄캄하게 깊어지고, 허리는 아래로 수그러들던 시절이었다. 두려웠다. 참으로 두려웠다. 두려움이 깊어질수록 그 크기보다 작지 않은 굴욕 섞인 적의가 날을 세우고 알 수 없는 대상을 향해 번쩍였다. 그리고 두려움의 중심에는 장전된 뇌관처럼, 언제나 아이들이 자리하고 있었다.

사 년 전, 아이들이 눈에 밟혀 버티고 버티다 지금은 동지라 부르는 전 아내의 부탁을 결국 못 이기듯, 못 버티듯 들어주었다. 부부의 연은 이제 다했으나, 부모의 연은 죽을 때까지 지켜내자던 가슴 시린 부탁. 피고름이 흐르던 그 약속을 지키고자 묵묵히 나무를 가꾸고, 씨앗을 뿌렸다. 교사인 전 아내를 대신해 아이들의 학교 행사에 참석하거나, 아이들에게 급한 일이 있을 때면, 내가 달려가곤 했다. 그래서 나는 나의 입학식과 졸업식은 기억하지 못하지만, 아이들의 입학식과 졸업식만은 선연하게 떠오른다. 아빠의 부재를 느끼지 않도록 여느 가정과 동일한 모습으로 네 사람은 매주 함께 식사하고, 책 이야기를 나누고, 서로의 고민을 털어놓고, 뛰어놀기도 했다. 어린나무들이었지만, 하늘과 바람과 달빛을 따라 어느새 가지마다 제법 살이 부풀어 올랐다. 그리고 마침내 화사한 복사꽃을 피워내고, 분홍빛 복숭아들을 알전구처럼 매달았다. 복사꽃의 치명적인 유혹에도 불구하고, 복사꽃의 꽃말은 나에게 가장 필요로 했

던 용서와 희망이었다.

　사랑은 결코 실패하지 않는다. 단지 사랑이 지나가고 난 자리를 사랑의 주체들이 함부로 덮어버리기 때문에 누더기처럼 여겨지는 것이다. 깊게 팬 곳을 아무렇게나 메우다 보면, 덕지덕지 볼품없는 거친 아스팔트 길이 되어버리는 것처럼. 사랑은 아무런 잘못이 없다. 사랑은 사람을 살게 하며, 사랑의 끝에서 용서와 희망, 그리고 성찰이 자라날 때, 사랑은 사람을 전진하게 한다. 실패하지 않은 사랑의 소리가 사 년간의 바람을 타고 맑게 들려온다.
　나와 그녀가 아이들을 만나기 위해 지나야만 했던 시간의 소리들.

'당신과 나를 평온의 길로 인도하던 언어들.

그래서 그렇게나 처절하게 찾아다닌 언어들.

부서질세라 조심스레 부여잡던 그 희소한 언어들.

이제는 당신과 나에게 고요히 내려앉은 언어들.

차가운 계절을 지나 가시덩굴을 헤치며,

끝끝내 복사꽃을 피워낸 언어들.'

얼마 전, 첫째와 관련해 의논할 일이 있다며 잠깐 올 수 있겠냐고, 인생의 동지인 전 아내에게서 연락이 왔다. 그렇게 중학교 삼학년인 첫째 아이와 나, 그리고 전 아내가 나란히 하얀 테이블에 앉았다.

'아빠. 내가 성적이 사 등이래.'

'우리 딸 반에서 사 등이면 정말 잘한 거 아니야? 정말 대단하다.'

'아니... 전교에서 사 등. 그래서 학교에서 과학고를 추천하겠다 하는데 어떻게 해야 할지 모르겠어.'

'... 전교 사 등?...'

아이들이 마음에 상처 없이, 구김 없이 밝고 건강하게만 자라나주길 바라며, 지난 몇 년을 전전긍긍하면서 살아왔다. 햇살처럼 가장 사랑하는 만큼, 행여나 잘 못 될까, 어둠처럼 가장 아득한 지점

255

19_실패한 사랑은 없습니다 〈목살 장작 구이〉

이기도 했다. 높은 계단을 천천히 올라가듯이, 얼어붙은 호수 위를 살금살금 걸어가듯이, 빗물 고인 길을 살피며 지나가듯이, 조심조심 걸어야만 했다. 언젠가 첫째가 중간고사 시험을 치르고 속이 상해 울었던 날이 있었다. 국어를 한 문제 틀렸는데, 틀린 문제가 자신이 가장 사랑하는 백석의 시에 관한 문제였기에 너무나 속상해서 울었다며 아이는 하소연했다. 아이와 나는 웅앙웅앙 울을 것이다. 는 백석의 시구로 장난을 치며 즐거워했다. 문학을 사랑하는 나의 아이. 참 예쁘다. 너무 예뻐서 그저 입을 늘어뜨리고서 웃었다.

　사랑한다고 해서 모든 걸 다 알 수는 없는 거라고. 알 수 없는 건, 그렇게 흘러가도록 내버려 두는 것도 나쁘지 않다고. 살다 보면 애써도 어찌할 수 없는 일은 있는 거라고. 아이는 삶과 사랑을 배우며 자란 듯하다.

　'자신의 쓸모를 소진하며, 함께 살아가는 유채꽃에서, 희망은 뿌려지고, 기적은 피어난다. 서로를 쓰다듬으며 채워가는, 유채꽃의 하늘이, 나의 하늘이 된다.
　너의 이름을 짓는다. 나의 혈관을 채우는 단 하나뿐인 너의 이름. 자신과 타인을 아끼고, 사랑할 너의 이름. 꽃이 꽃을 불러낸 너의 이름.
　너를 사랑한다. 나의 봄인 너를.'

그렇게 첫째는 어느덧 고등학교로 진학할 시기가 되었다. 아이는 과학고에 대한 막연한 기대감과 설렘이 있었다. 하지만 단지 그것뿐이었기에 조금 아쉽지만, 하고 싶은 일이 진정으로 무엇인지 고민하며, 선택할 수 있는 영역을 조금씩 더 넓혀가는 게 좋을 것 같다는 의견에 따라 일반 고등학교로 진학하기로 결정했다.

'애썼어. 당신도, 우리 딸도. 너무 기특해서 아빠가 눈물이 다 나오려 한다. 이번 주 주말에는 시골에서 고기 구워서 파티하자. 이제 저녁에는 선선하니.'
'이게 뭐라고. 그나저나 아빠 공모전은 응모했어?'
'응모했지. 결과는 시 월 달에 나오는데, 별로 기대는 안 해.'
'계속 응모해 봐. 나는 아빠 소설 좋던데. 언젠가는 될 거야.'
'책을 읽고, 글도 쓰고, 농사도 짓고, 이루고 싶은 꿈도 있고... 어떻게 사람이 이렇게 변할 수 있지?... 신기하네.'
'사랑하니까, 변할 수 있는 거겠지.'

아이는 내가 가져다준 에밀리 브론테의 '폭풍의 언덕'을 들고서 자기만의 방으로 향하고, 두 사람은 오랜만에 달빛 아래를 나란히 걷는다. 둘인 듯, 하나인 듯한 달그림자가 그 뒤를 가만히 따른다.

이혼의 사전적 의미를 찾아보니, 부부관계를 소멸시키고, 결혼

하지 않은 상태로 되돌리는 법적 행위라 한다. 적절한 정의라 생각한다. 부모 관계의 소멸은 있을 수 없는 절대적인 영역이니까. 오래전 그 시절, 나를 무기력하게 만드는 것들이 두려웠다. 스스로를 나약하게 만들며, 침몰해가는 모습들을 지켜보고만 있어야 하는 나자신이 안쓰러웠다. 내가 두려웠던 것들. 이를테면, 알 수 없는 날선 감정들, 무참하게 흘러가는 시간들, 망망한 검은빛 바다와 같은 그런 거대한 것들, 그리고 숨소리마저도 들려오는 끔찍한 적막들. 가닿기도 전에 내가 먼저 허물어져 버릴 것만 같은, 넘어설 수도, 가닿을 수도 없는 거대한 산과 같은 그녀가 부딪쳐 왔다. 슬프게도 유약했던 나의 마음이, 단단했던 그녀의 마음이, 끝내 서로를 외면

밥상을 차리다, 당신을 떠올리곤 해

한 것인지도 모르겠다. 우리는 서로를 처절하게 할퀴고, 치열하게 싸우는 방법조차도 몰랐기에 서로에 대한 냉담한 배려로 무덤 속의 까만 침묵을 선택했다. 무덤처럼 적막하고, 목덜미의 솜털을 일어서게 하는 서늘한 침묵들. 껍데기 안에 가득한 건 외로움뿐이었다.

 법원의 하얀색 내벽에 바짝 붙은 심플한 빨간 플라스틱 벤치에 앉아 그녀가 나에게 했던 말은 아마도 생이 소멸하는 순간까지도 잊을 수 없을 것이다. 우리처럼 행복하고, 평온하게 헤어지는 사람들은 없을 거라던 말. 지금도 추억 삼아 꺼내는 말. 그러고 보면 그곳에 있던 부부들은 서로를 밀어내는 힘이라도 있는 듯, 서로 떨어져서 등을 돌리고 앉아있었다. 그들은 자신들 앞에 놓여있는 참을 수 없는 시간과 숨 막히는 적막이 빠르게 흘러가길 바라는 듯 보였다. 그녀와 나는 다정하게 붙어 앉아 속살거리며, 서로에게 웃어주었다. 우리의 대화가 잘 생각나지는 않지만, 앞으로 살아갈 우리들의 이야기였다. 누군가에겐 백색의 지옥 같은 공간이었지만, 그녀와 나에겐 새롭게 시작될 서로의 삶을 응원하는 공간인 듯했다. 사실 판사가 무엇을 물어보았는지 잘 떠오르진 않지만, 결혼식의 주례 앞에서 대답하듯, 그녀와 내가 자신 있게, 그리고 당당하게 대답했던 모습들은 선명하게 기억한다. 그건 우리 스스로를 향한 다짐이었고 약속이었으니까. 아이들을 잘 자라나게 할 것이고, 각자의 삶을 잘 살아내겠다는 견고한 대답이었으니까. 지금에서야 말하는

거지만, 사실 그 순간 나의 대답은 단단해 보였어도, 슬픔과 두려움
이 섞여 있었다. 지금 돌이켜보면, 그녀의 용기에 나는 항상 감탄해
왔다. 스스로에 대한 확고한 믿음, 아이들을 향한 나의 마음에 대한
단호한 신뢰. 항상 그녀는 옳았다. 그녀는 지금도 어떤 선언처럼 느
껴지곤 한다.

　법원을 나온 우리는 왈츠가 흘러나오는 근처 카페에서 솔티라
떼를 마시며, 구운 빵 한 조각을 나누어 먹었다. 짭조름한 맛을 시
작으로 달콤하게 끝을 맺어가는 맛. 그녀와 나를 닮은 맛이길 바랐
다. 그때 카페에서 흘러나오던 음악이 영화 '번지점프를 하다'에서

밥상을 차리다, 당신을 떠올리곤 해

해변의 붉은 노을빛처럼 번져나가던 쇼스타코비치의 왈츠 2번이었다. 우울과 슬픔이 짙게 배어있었지만, 희망을 놓지 않았던 사분의 삼박자의 멜로디였다. 어쩌면 우리는 서로에게 고독할 자유를 허락한 것인지도 모르겠다. 각자의 시간 속에서 어찌할 수 없는 마음의 곰팡이들을 스스로가 치유할 시간이 필요했고, 우리는 답을 찾기 위해 용기를 내었던 거라 믿는다. 그녀와 나는 서로를 이해한다는 공허한 언어를 뱉어내기보다는 한 줌의 고요한 침묵을 손에 꼭 쥐고는 운동장을 나란히 걸으며, 서로가 넘어지거나, 쓰러지지 않는지 지켜봐 주면서, 몇 년 전, 그날로부터 지금까지 따로였지만, 또 함께이기도 했다. 그녀와 나의 용기에, 그리고 아이들의 사랑과 이해 속에서 우리는 행복이라는 단어를 이제는 입안으로 삼킬 수 있을 듯하다.

둘이서, 때로는 또 같이.

우리는 소담한 복숭아나무 아래에 서서 서로를 마주 본다. 아이들은 선선한 날씨를 따라 가을이와 뛰어논다. 평화로운 시간과 풍경들. 그녀와 나는 많은 시간과 풍경을 잃은 듯했지만, 그 이상을 되찾기도 했다. 비록 끝난 사랑이지만, 서로를 향한 날카로운 적의도, 선택에 대한 후회도 없었기에 우리는 부여된 사명에 한발 한발 가까워질 수 있었다. 칠흑 같은 터널을 지나 흐릿한 빛이 선명해지고 있음을 우린 하나의 눈으로 바라볼 수 있었다. 그녀와의 인연을 닿게 해준 우주의 호흡에, 늦었지만 고맙다는 말을 하고 싶다.

　까만 밤을 밀어내는 환한 달빛 아래에서 복숭아나무들의 박수와 함께 스포트라이트를 받으며, 왈츠에 맞추어 발을 옮기는 우리를 상상한다. 때로는 따로, 또 때로는 같이, 그렇게 사뿐사뿐 옮기며 찍은 수많은 발자국들은 어느새 사분의 삼박자의 동그란 음표가 되어, 삶을 왈츠로 그려주고 있다. 그녀가 있기에 나는 확신할 수 있다. 교집합인 목적을 향해 함께 걸어가는 인생의 동지인 그녀에게 깨끗한 존경을 보낸다. 그리고 다 지켜내지 못한 약속이라 미안한 마음을 전한다.

　우리가 춤을 추며, 운동장에서 얼마만큼 나아갔는지에 대해 이젠 두려워하며, 방황하지 않으려 한다. 우리들의 선택이 그래도 좀 더 나은 방향이었음을 가늠할 척도 중 하나인 아이들이 반듯하게 자라고 있다는 사실만으로도 우리는 잘 해내고 있다는걸, 잘 알고 있으니까. 그것만으로도 충분하니까. 앞으로도 그녀와 내가 서로의 발을 밟지 않으려 존중하며, 지금처럼 왈츠를 추길 바란다. 그녀와 나는 지금껏 잘해왔고, 앞으로도 잘할 수 있으리라 확신한다.

　그녀와 나는 그 무거운 이름만큼이나, 행복해야만 하는 부모이니까.

　치유를 위한 글을 일 년 이상 써오면서 어떻게 끝을 맺어야 할지를 고민해야만 했다. 잘 썼든, 못 썼든 나를 치유하는 과정이었고, 누군가에게 도움이 되길 기도하며, 한 획, 또 한 획을 그었다. 글쓰기는 구원을 위한 기도의 한 형식이라는 카프카의 말을 되뇌인다. 나의 고통이 시작되고, 동시에 치유도 시작되었던 지점을 이렇게 마침표로 남겨두려 한다. 동그란 마침표는 결국 사랑이었다. 세상에 산재해 있는 수많은 사랑들에게 말해주고 싶다. 사랑은 실패할 수 없다는걸. 비록 사랑의 등에 기대어 마주 앉은 아픔이라는 그림자가 있지만, 그건 사랑 때문이 아니다. 아픔은 치유하고 사랑은 남겨두어야 하는 것이니까. 독이 스며든 혈관을 처절하게 빨아내고, 뿜어져 나오는 검붉은 피를 필사적으로 지혈하듯이 아픔을 치유하는 것은 자신의 사랑에 대한 작은 예의라 생각한다. 사람과 사랑. 삶이라는 단어가 주형틀에서 찍어낸 듯, 참으로 닮아있다. 살아가는 일과 사랑하는 일은 같은 말이라고, 사람은 사랑 없이는 살 수 없는 거라고 이렇게라도 언어학자들은 말해주고 싶었던 게 아닐까.

사랑했으니 행복했고, 그것으로 되었다.

천체망원경을 꺼내 아이들과 함께 달을 살핀다. 하지만 어떻게 보아도 달의 일부분만 볼 수 있을 뿐이다. 천체망원경 안의 달을 보며 생각한다. 사랑도 달을 닮은 듯하다. 사랑이 무엇인지 사실 우주가 눈을 감을 때까지도 나는 명징하게 정의하지 못할 것이다. 단지 푸르스름하게 번지는 빛을 받은 사랑의 윤곽들을 더듬거릴 수밖에

는 없을 듯하다. 채찍을 맞고 있던 나귀를 부둥켜안고서 미쳐가던 '니체'에게서도 볼 수 있으며, 시력을 잃어가며 사력을 다해 글을 쓰던 '보르헤스'에게서도 볼 수 있으며, 자살을 선택한 '젊은 베르테르'에게도 볼 수 있는 사랑. 사랑은 자신의 마음에 그 사람만 한 구멍을 내는 것을 겁 없이도 허락하는 일. 사랑하는 이의 눈으로 똑같이 바라보며, 영혼을 확장하는 일. 어떻게 정의하려 해도 실패할 수밖에 없는 사랑은 그저 열거할 수 있을 뿐인 동사인 듯하다. 사랑은 실천하는 거니까. 사랑은 생각에 앞서 몸이 먼저 반응하는 거니까. 사랑은 되태어남의 행위이니까. 이성 간의 사랑이든, 친구 간의 사랑이든, 부모와 자식 간의 사랑이든. 사랑은 어떤 형태로든 삶을 살아가게 하니까.

삶과 사랑을 위해 나는 오늘도 밥을 짓는다. 우리, 이제 밥 먹자.

'깨끗한 이슬 같은 당신은

나의 아침이었다.

투명한 바람을 닮은 당신은

나의 오전이었고

따스한 햇살 같은 당신은

나의 오후였으며

고요한 달빛을 닮은 당신은

나의 한밤이었다.

당신을, 늘 감사한다.

눈이 부신 나의 하루는 당신이 전부이니까.

내가 매일을 살아가는 이유이니까.'

참으로 다행이다

'나와 당신은 모두 불완전하다. 불완전한 우리가 만나서 참으로 다행이다. 완전하다면 인연 따위는 필요가 없을 테니까.'

「나의 노트 중.」

        싸늘하게 내려앉은 아침 공기에 호박잎들이 조금씩 누런 빛으로 말라간다. 뜨거웠던 여름이 지나가고 남은 건 볼품없는 모습이라고 무표정한 누군가는 말할 수도 있겠지만, 다시 돌아올 봄을 위한 것임을, 나는 잘 알고 있다. 바스러지는 잎들조차도 겨우내 굳어버릴 흙을 지켜내려 안간힘을 낼 것이라는 걸, 누구보다도 잘 알고 있다. 여름 한철 머물렀던 봉선화도 씨앗이 되어 떨어지고, 뒤를 이어 봉선화 잎들이 하나, 둘, 그 자리를 덮고 있다. 그리고 여름이 다시 찾아오면, 그 이상의 봉선화를 피워낼 것이다. 속이

문드러지는 계절이 또다시 찾아와도 그 또한 꽃을 피우기 위한 인
내의 시간임을 이젠 잘 알고 있다. 지난 시간 동안 밥을 지으며, 내
안에서 차오르던 그리움과 안타까움, 연민의 감정들로 뒤섞이던 이
야기들. 온전히 아름답다고만은 할 순 없겠지만, 밀알만 한 인연들
일지라도 조금씩 쌓이고 쌓인 오랫동안 기억하고 싶은 이야기들.
눈이 부셔 차마 바로 볼 수 없는 이야기들과 마음이 아려 차마 모
른 척할 수 없던 이야기들. 마음에 수많은 무늬를 남긴 인연들의 이
야기가 퇴적되며, 지금껏 나를 살아오게 했다. 비록 스쳐 지나간 인
연들일지라도 내가 부끄럽지 않게 모른 척, 못 본 척, 그냥 지나가
줘서 고맙다는 말을, 또 잠시 머물렀다 떠나갔지만, 따뜻했던 그 흔

적만으로도 고맙다는 말을, 그리고 끝내 곁을 지켜준 인연들에게
도 고맙다는 말을 늦었지만, 하고 싶다. 어느 것 하나 버릴 게 없는
기억과 시간들을 간직한 채, 오직 나만이 살아낼 수 있는 귀한 삶을
어찌 되었든 살아오게 해주었으니까. 살아가다 보면 누구나 그러하
듯, 결핍과 고통, 절망을 피해 갈 수는 없겠지만, 그건 그것대로 특
별한 것이고, 그 뒤를 따라 온기, 충만, 행복. 이런 귀한 단어들을 만
나기도 한다.

　그래서 살아서 꿈틀거릴 수 있는 존재함에 그저 감사할 수 있다.

　가을의 향기가 짙어진다. 가을은 다가올 겨울을 준비하고, 이어

밥상을 차리다, 당신을 떠올리곤 해

질 봄을 기다리는 계절이다. 여린 새순이 중력을 거스르며 어여쁜 얼굴로 일어서는 봄은 그저 평화롭게 찾아오지만은 않는다. 가을에 흙으로 추락한 씨앗들이 다시 꿈을 꾸며 기다리다, 때가 되면 몸을 비틀고, 두꺼운 껍질을 찢고서 솟아올라야만 한다. 그런 씨앗에게 말해주고만 싶다. 너는 지금 추락하는 것이 아니라, 날고 있는 거라고. 꽃이 되기 위해 하늘과 바람과 땅과 물이, 이 모든 우주가 너를 향해 달려오고 있는 거라고. 그래서 조금 아플 때도 있겠지만, 삶은 기다려 볼 만한 거라고.

가끔 친구는 나와 소주잔을 기울이며, 취기가 오를 때면, 왜 나에게만 이런 일들이 생기는 거냐며, 슬픈 눈을 하곤 한다. 그럴 때면 눈물이 고인 친구의 눈을 피하며 나는 우물쭈물 대답하곤 한다.

'그래도 살아볼 만하지 않냐. 누구에게나 삶은 고통스럽기도 하지만, 동시에 아름답기도 하니까.'

또, 어머니께서는 가끔 입버릇처럼 말씀하시곤 한다.

'내 삶을 소설로 쓰면 열 권도 넘을 거다.'

그리고 토씨 하나 틀리지 않고 같은 말씀을 하시는 분들을 만날

때면, 모든 삶은 희극과 비극의 끊임없는 자리바꿈인지도 모르겠다는 생각을 한다. '시지푸스'의 바위처럼, 수없이 들어 올리고 기어올라도 다시 처참하게 나의 육신을 짓이기며, 지나가는 삶을 엎드린 채 바라볼 때면, 가끔 붙잡고 따져 묻고 싶어지기도 한다. 하지만, 그런다고 해서 달라지는 것 또한 없다는걸, 잘 알고 있다. 삶은 그저 흘러갈 뿐이니까. 아래로, 또 그 아래로. 땅을 향해서. 그럼에도 좋든, 싫든 그저 흘러가 버리는 삶이 안타까워 책을 읽고 글을 쓰며, 흙을 딛고서 걸어오던 세월이었다. 지난 몇 년간의 세월을 뒤돌아보면, 마냥 행복한 건 아니었지만, 그래도 괜찮은 시간이었다고 말할 수 있을 듯하다. 그래서 나도 어머니 말씀처럼, 내 삶에 대

한 소설을 열 권 이상 쓰고 싶기도 하다. 글을 쓸 때면 오랫동안 생각에 잠긴다. 나를 가로막고 버티고 선 거대한 바위라 여겨지던 것들도 가만히 살펴보면, 그저 나의 집착이라는 사실을 깨닫는다. 부와 명예에 대한 집착, 아이들의 교육에 대한 집착, 행복해 보이려는 가정에 대한 집착, 타인과 비교하려는 집착. 이런 지리멸렬한 집착들이 홍수가 범람하듯 둑을 무너뜨리고, 광활한 들녘을 갈아치우면, 속수무책으로 잡초가 자라나듯 허황된 욕망들이 들끓곤 했다. 욕망들은 원래 내 것이 아니었으며, 가져 보지도 못한 것들이면서도, 내가 잃어버렸다는 착각 섞인 상실감을 가져다주기도 했다. 여전히 나는 집착에서 벗어나지 못하는 가여운 인간일 뿐이지만, 그

에필로그 _ 참으로 다행이다

럼에도 자연의 너그러운 품에서 글을 쓰고 요리를 배우며, 조금씩 삶을 배워 나가는 지금의 나를 나는 사랑할 것이다. 결코 당연하게 여겨지는 나의 것은 어디에도 없었으며, 곁을 내어준 이들이 당연한 것도 아니라는 걸, 이젠 조금 알 것도 같다.

글을 쓰다 보면 필연적으로 어느 한 시절이 떠오르곤 한다. 매번 떠오르는 시절은 다르지만, 공통적으로 그 시절을 어떻게 지나왔던가를 곰곰이 생각하게 된다. 의지와는 상관없이 허공으로 한 발을 내디뎌야 할 때도, 차갑게 미끄러져 내리는 손을 그저 느껴야만 할 때도, 속상한 마음으로 둥글게 몸을 말아 밤을 지새워야만 할 때도. 그럴 때마다 항상 머리맡에는 책이 가지런히 놓여있었고, 내가 쓴 글들도 내 옆에 가만히 기대주었다. 고독, 슬픔, 이별, 고통, 불안, 불행, 초조... 이런 감정들이 느껴질 때면, 내 글을 다시 펼쳐 읽고, 고치고 다듬었다. 그리고 단호하게 말할 수 있었다.

나 혼자서, 나만의 힘으로 지나왔다 여겨지던 순간들은 단 한 문장도 없었다고 말이다. 문장과 행간 곳곳에서 누군가의 다정한 언어들과 숨소리가 느껴진다. 크던, 작던, 나를 일어서게 하고 나아가게 해주던 마음들. 바쁜 와중에도 내 글을 읽어주던 눈빛들, 생일이면 어김없이 날아드는 메시지들, 따뜻한 차 한 잔을 사이에 두고서 나누던 삶의 대화들. 이 모든 것들이 참으로 다행이다. 글을 쓰게

된 후, 알게 되었다. 내 삶의 곳곳에 그런 다행스러운 순간들이 별
빛처럼 무수히도 반짝인다는 것을 말이다.

 겨울이 있기에 봄은 황홀하게 다가온다. 슬픔이 있기에 기쁨이
있고, 결핍이 있기에 채움이 있다. 사랑이 있기에 두려움은 더 이상
두렵지가 않다. 미소할지라도 곁을 내어주던 흔적들이 있기에 삶은
더 나은 방향으로 흘러갈 수 있다. 이 모든 것들이 다행이다. 참으
로 다행이다. 누군가의 다행을 위해 내가 할 수 있는 일은 고작 비
루한 글을 쓰며, 볼품없는 밥상 하나 차리는 것밖에는 없겠지만, 나
는 그것보다 더 나은 방법을 여전히 알지 못한다.

어설픈 위로의 말은 차마 하지 않겠다. 그저 힘이 들면, 잠시 다녀가길 바란다. 초라한 밥상 하나에 다행스러운 마음 하나 얹어 내어주며 말해주고 싶다.

당신이 있어, 참으로 다행이라고.

※ 이 책의 판매로 인해 발생하는 작가 인세 수익은 전액 어린이 재단에 기부됩니다.

밥상을 차리다, 당신을 떠올리곤 해

초판인쇄	2025년 04월 18일
초판발행	2025년 04월 25일
지은이	강현욱
발행인	조현수
펴낸곳	도서출판 프로방스
기획	조용재
마케팅	최관호 최문섭
편집	이승득
디자인	오종국 (Design CREO)
주소	경기도 파주시 광인사길 68 , 201- 4호
전화	031-925-5364, 031-942-5366
팩스	031-942-5368
이메일	provence70@naver.com
등록번호	제2016-000126호
등록	2016년 06월 23일

정가 19,000원

ISBN 979-11-6480-390-3   03810

항상,
강건하길 바란다는
수줍은 그 마음이
당신에게
가 닿을 수 있기를
소망한다.

———